毛姆
小說選集
William Somerset
Maugham
威廉·薩默塞特·毛姆——著
沉櫻——譯

譯者序

回想起來，我讀小說最多的時期是由高小到初中的階段，這大概是因為當時課業負擔不重，娛樂活動又少，從小便愛跟著大人聽「說書」養成。記得自己剛認識幾個字，可以半猜半讀，便立刻成了小說迷。從鼓兒詞、才子書、歷史演義、俠義、公案之類，到什麼言情小說、偵探小說，似乎所有我知道的舊小說，都是在那時讀的。當時家中並無藏書，自己也不會去買，真不知是那裡得來的那些讀物，現在只還記得那種如饑如渴到處尋求的熱切，和偶然之間一書到手的狂喜。遇到實在無書可讀的時候，便把特別喜愛的紅樓夢、三國演義等翻覆重看，所謂百讀不厭的趣味也是在那時才深切領受到。進入中學後，遇到一位「北大」出身的新派國文老師顧羨季先生（這位老師學養之深、教書之誠，實在教人畢生難忘，後來成為「燕大」講授詞曲的教授，抗戰前還在北平見過面，現在不知怎樣了）。他除使我們欣賞古文及詩詞歌賦所謂舊文學之外，還不斷地介紹正蓬勃興起的新文藝，甚至有時還帶了英文的短篇小說到班上隨念隨講，使得教英文的老師都不高興起來。其實這是多餘，我們真正嗜愛的是周氏兄弟的三本翻譯——域外小說集、現代小說譯叢、現代日本小說集。這些書結束了我以前的閱讀，我用那同樣的熱切又轉作翻譯小說的尋求。因此到了上海之後，無論是新月社的歐美小說，是創造社的日本小說，是共學社的俄國小說，或是文學研究會的世界名著，我都從未放過一本不看，並且很多名家的譯文，精彩處常被我熟讀到可以背誦的程度。儘管有的那些長長的人物譯名是多麼難記，那些直譯硬譯的文句是多麼難懂，我也一樣津津有味地讀著，覺得名家傑作，即使譯得粗糙，挑去砂粒總還是營養可口的米飯。只是數量仍嫌太少，很多知名的作品不能看到，很覺遺憾。到了抗戰期間這情形當然更糟，物以稀為貴，偶見一兩本名著翻譯，也就分外珍貴。像至今念念不忘的褚威格的「馬來亞狂人」、「一位陌生女子的來信」和毛姆的「中國小景」，就是那時所讀，而且就是那時才初識這兩位作家，從此愛上他們的作品。在找不到中文譯本的時候，只好轉向英文本搜尋，用當年初讀小說的方法，半猜半度地去摸索欣賞。抗戰勝利重回上海，最令人高興的事就是又得重見以前讀過的那些名著翻譯，同時得到幾本英文的褚威格及毛姆的作品。再度逃難的時候，它們也被隨身帶到了臺灣。當時臺灣書籍的缺乏似乎比以前的重慶還厲害，我對那西方文學——特別是短篇小說的嗜好，只好靠這幾本英文書的翻覆瀏覽和試作翻譯來求滿足。想不到因此竟積了二十幾萬字的譯稿，在整理編印「迷惑」的時候，更想不到毛姆的作品竟佔了三分之一。我估計了一下字數，覺得可以單獨編一本毛姆專集。今年四月赴美探親，臨行之前，倉促編好交稿，最近歸來，書將印成，忽見報上登出毛姆病篤隨即去世的消息。這本無意中湊成的小集，想不到竟及時出版，有了紀念的意義。不過我的翻譯都是閱讀的副產品，每次付印出版，都有膽大妄為的不安之感。這次如說紀念專集，不安將更加重。實在我對毛姆毫無研究，喜讀他的作品，也只覺他對人性觀察入裡，對生活描寫入微，同時那娓娓而談的親切筆調，不是把我們帶入他的故事，而是他帶著故事來到我們的身邊。他用第一人稱，不一定是說自己，用第三人稱也許是寫自傳，他寫別人像寫自己一樣的透澈，寫自己又像寫別人一樣的冷靜，雖然有時偏見很深，尖刻過甚（像他對女性的譏諷），但總還是含蘊著大作家所共有的悲天憫人的哲學，和普通文人的輕薄不同。只是，經過我的拙劣譯文，這些長處又還能保存多少呢？這是最令我感覺惶恐的地方。

五十四年冬於臺北

本書原屬文星叢刊，五十四年出版，五年後，經愛眉文藝出版社編入愛眉文庫。茲承同意收回版權，改版印行，時為六十八年六月。現由大地出版社出版。

譯者附記

七十年二月

毛姆小說選集

CONTENTS

療養院裡

｜ 毛姆小說選集 ｜

奧桑汀住進療養院的前六星期，一直是躺在床上，除了早晚來診視的醫生，照拂他的護士和送飯的女僕之外，別的什麼人也看不到。他患了肺結核症，因為種種關係未能到瑞士去療養，那在倫敦為他治病的醫生便把他送到這個蘇格蘭北部的療養院來。他耐心等待著的日子終於到來，醫生說他可以起床了。下午護士幫他穿好衣服，帶他到走廊上，給他背後放了好些靠墊，身上蓋了毯子，讓他躺在那裡享受那晴朗天空射下來的陽光。這是仲冬的時候，療養院在一個山頂上，可以一覽無遺地望見那遍地是雪的村景。整個廊子上全坐滿了人，有的在和身旁的人聊天，有的在看書。不時有人發出一陣咳嗽，咳嗽完了之後，你如果注意的話，可以看見他焦急地去看他的手帕。護士把奧桑汀安置好要離去的時候，她用一種職務上的活潑態度對旁邊躺椅上的人說：

「讓我來把奧桑汀先生介紹給你。」她說著又轉向奧桑汀說：「這位是麥克雷先生。他和康伯爾先生是在這裡住得最久的。」

在奧桑汀另一邊躺著一位漂亮的少女，紅頭髮藍眼睛，臉上沒有化妝，但嘴唇很紅，腮上也有兩片紅暈，這更顯出了她皮膚的白皙，儘管你知道這種美麗的臉色是病態的，還是覺得非常可愛。她穿著皮外套，蓋著毯子，看不到她的身體，但她的臉非常瘦，瘦到使她那實際上並不算大的鼻子看起來有點突出。她對奧桑汀和藹地望了一眼，但是沒有說話，而奧桑汀呢，在這許多陌生人中間覺得有點侷促不安，總想別人先來對他開口。

「你是第一次起床吧，是不是？」麥克雷說。

「是的。」

「你的房間在那裡？」

奧桑汀告訴了他。

「那間小得很。這裡每一間屋子我都知道。我在這裡已經住了十七年。我現在住著最好的一間，我認為我應該住的。康伯爾曾經想把我擠出去，他自己來住，但是我不肯搬，我有權利住，我比他早六個月來到這裡的。」

麥克雷躺在那裡，給人的印象是個子非常之高，他的皮緊貼著骨頭，腮和額角凹陷進去，頭骨的形狀明顯地露出來，在那憔悴的臉上長著一個露骨的大鼻子和一對大得出奇的眼睛。

「十七年可算是一段長時間了。」奧桑汀想不出什麼話來，只好這樣說著。

「時間倒也過得快。我很喜歡這裡。最初的一、二年，一到夏天我便出院，但後來不想離開了。現在這裡已成了我的家。我本來有一個兄弟兩個姊妹，但現在他們已經結婚，各自成家立業，都不要我了。你在這裡住上幾年之後，再回到正常的生活中，會覺得有點格格不入的，你知道嗎？因為你的同伴都各奔前程了，你和他們完全失去聯繫。那一切好像是一條可怕的急流。無事自擾是最好的形容，到處都顯得吵鬧擁擠，還是住在這裡好點。總之，在他們用棺材抬我出去之前，我是再也不想出去了。」

醫生曾對奧桑汀說過，如果他注意調養，過一個時間就會痊癒的。現在他好奇地望著麥克雷問道：

「你一天到晚都在做些什麼呢？」

「做什麼？生了肺病有的是事做。量體溫稱體重，不慌不忙地穿衣服。吃早飯，看報紙，去散步。然後休息。吃午飯，玩橋牌，然後再休息。又吃晚飯，再玩一會橋牌，上床睡覺。這裡有個相當可觀的圖書館，可以看到一切新出版的書籍，不過，我實在沒有時間看書，我常同人談話。你在這裡可以遇見各式各樣的人。來的去的，他們出去，有時候是自以為病好了，但出去不久又轉回來，有時候是死了。我曾看見不少人出去，希望在我死前還能看見更多的人出去。」

那位坐在奧桑汀另一邊的女孩子忽然說話了。

「我告訴你，從來沒有人能對著柩車，比麥克雷先生笑得更開心的。」

麥克雷格格地笑起來。

「這我倒不知道呢。不過，如果我不在心裡想著：『我真高興柩車載走的是他不是我』，那也未免太違反人性了。」

他忽然想起奧桑汀還不認識這女孩，於是便介紹說：

「我想你們以前沒有見過吧。這位是奧桑汀先生，這位是琵少芙小姐。她是英國人，一個很可愛的女孩子。」

「你在這裡多久了？」奧桑汀問。

「才兩年，這是最後的一個冬天了。林諾克司大夫說再過幾個月我就要完全好了，不必再留在這裡了。」

「我看這才叫傻呢，」麥克雷說：「聽我的話，還是住在這養好了你的病的地方吧。」

這時候有個男人拄著手杖，慢慢地從走廊那一頭走過來了。

「呵，你看譚萊登來了。」琵少芙滿臉微笑，藍眼睛更明亮起來；他走近來的時候，她說：「真高興看見你又起來了。」

「呵，沒有什麼，不過是受了一點涼，現在完全好了。」

話剛剛說出口，又咳嗽起來，身體沉重地靠在手杖上。但咳嗽過去後，他高興地笑著說：

「總擺脫不了這討厭的咳嗽，這是因為吸煙太多的緣故，林諾克司大夫說我應該戒掉才好，但是有什麼用，我做不到……」

他個子很高，樣子很好看，就是稍微有點矯揉造作，臉色蒼白灰暗，眼睛卻又黑又美，還留著一撮很整齊的黑鬍子，穿著一件有羊皮翻領的皮外套。他給人的印象是漂亮之中稍帶炫耀。琵少芙小姐把奧桑汀介紹給他，他隨便而又親切地說了幾句客氣話，接著就請琵少芙小姐一同去散步，因為大夫吩咐過，叫他到療養院後面的一個地方去走一個來回。

麥克雷望著他倆一同走去的背影說：

「他倆中間，恐怕有點什麼呢。譚萊登沒有得病之前，是個最會勾引女孩子的傢伙。」

「現在總該不會那樣子了。」奧桑汀說。

「這難講得很。這些年來我在這裡見過不少稀奇古怪的事，我高興起來可以有無窮無盡的故事說給你聽呢。」

「你當然知道很多，為什麼不現在就說點。」

麥克雷咧嘴笑了笑。

「好，我先講一個給你聽。三、四年前這裡住過一位女人，又漂亮又風騷，她的丈夫總是每隔一周的周末就來看她，是從倫敦乘飛機來的，發瘋般地愛她。但林諾克司大夫很肯定地認為她和這裡的一個人有勾搭，可是又找不出是誰。有一天晚上我們大家都上床睡覺的時候，他在那女人的房門口鋪上一張薄薄的塗著油漆的布，第二天一早他把所有住院人的便鞋都收去檢查。你說妙不妙？那位在布上留有鞋印的人就強迫出院了。你知道嗎？林諾克司大夫這人很特別，他不願意讓這地方有個難聽的名聲。」

「譚萊登在這裡多久了？」

「才三、四個月。他大部分時間是躺在床上的，病勢很重。琵少芙小姐如果愛上他，那才是傻透了呢，因為她自己很有好起來的希望。我見的病人太多了，我能看出來的。我只要對一個人望望，立刻便能斷定他能不能好起來，如果是不能好的，他還能活多久，我也看得出，很少有錯誤。我看譚萊登也不過還有兩年的壽命。」

麥克雷推測地望了奧桑汀一眼，奧桑汀知道他心裡在想什麼，自己竭力想一笑置之，但又總不由得有點掛念不安。麥克雷擠動著眼睛，很明顯地知道奧桑汀心中的念頭。

「你會好起來的。我不十分確定是不肯說的，因為我不想叫林諾克司大夫為了我用預言嚇了他的病人而趕我出去。」

這時奧桑汀的護士走來，又把他帶回到床上去了。雖然他才不過坐了一個鐘頭的工夫，已經覺得很累，很高興又回到被單之間。晚上林諾克司大夫來看他的時候，望了望那體溫紀錄表，說：

「情形還不錯。」

林諾克司大夫是個矮小、活潑而又溫和的人。是一位很好的醫生，能幹的事業家，同時又是熱狂的釣魚者。漁季開始的時候，他簡直有點想把病人交給助手不管了的樣子，病人對這自然不免口出怨言，可是每餐都能吃到他釣的嫩鮭魚時又很喜歡。他很愛談話。這時站在奧桑汀床頭，便用他那蘇格蘭口音問他今天下午可曾和別的病人聊天嗎？奧桑汀告訴他，護士曾把他介紹給麥克雷。林諾克司大夫笑了。

「這位最老的住客，他對於這療養院和這裡面的人知道得比我都清楚。真不知道他從那裡得來的那麼多消息，總之，這裡的任何人的私生活他沒有不知道的。這裡的老小姐也沒有比他對於謠言更敏感的。他曾對你談起康伯爾嗎？」

「談起的。」

「他恨康伯爾，康伯爾恨他。想想也有趣，他們在這裡休養了十七年了，而兩人合起來還沒有一個完整的肺。他們彼此憎恨到簡直誰也見不得誰。我已經拒絕聽他們互相的控訴。康伯爾的房間剛巧是在麥克雷的房間下面，康伯爾是愛吹笛的，吵得麥克雷受不了。他說他聽同一個調子已經聽了十五年了，而康伯爾便說麥克雷根本分不出這一個調和那一個調的不同。麥克雷要阻止康伯爾吹笛，而我怎麼能做到，在規定要安靜的時間之外，他是有權利愛吹多久就吹多久的。我提議過麥克雷換房間，可是他又不肯換，他說康伯爾吹笛子就是為了逼他離開那房間，因為那是這地方最好的一個房間，他自己想住。你說奇怪不奇怪，這兩個中年人竟彼此情願把生活弄得像在地獄裡一般。誰也不讓誰，他們在一張桌上吃飯，一塊玩橋牌，沒有一天可以不吵架過去的。有時候我用趕他們出院嚇他們，還能使他們安靜一點。他們都怕出去，因為在這裡住了這麼久了，已經再沒有什麼人關懷他們，而他們也不能適應外面的世界了。幾年前的時候，康伯爾出院去要在外面住兩個月，但是，住了一星期便回來了，說他受不了那種嘈雜，並且街上擁擠的情形也使他驚慌。」

奧桑汀發覺他住進來的這地方，實在是個奇怪的世界。後來他的健康慢慢進步，和同住的病人也就混在一起了。有一天早晨林諾克司大夫告訴他說，他可以到飯廳和大家一起吃飯了。那是一間很大很低的房子，有很大的窗子。那些窗子總是大開著，晴天的時候，陽光滿屋照耀著。那裡面好像擠滿了人，使他很久才能把他們分辨清楚，有青年人、中年人、老年人，形形色色都有，有些人像麥克雷和康伯爾，是已經住了許多年並且準備死在這裡的，還有些人是剛住進來幾個月的。有一位叫阿蒂根的中年老小姐，她是每年冬天便住進來，夏天便出去和親戚朋友一塊過，這樣子已經很多年了。她的病實在已經無關緊要，就是冬天不住進來也是一樣不會發的，但是她喜歡這種生活。她的住院資格使她有了一種地位，她成了圖書館的名譽館長，並且和護士長成了知交。她好像隨時都願意和別人聊天，可是別人對她說的話不一會就又傳到其他人的耳朵裡。在林諾克司大夫方面，能知道病人們相處得很好並且聽他的話沒有什麼放蕩行為，這是很有用處的。這院裡沒有一點事能逃過阿蒂根小姐的眼，並且總是從她傳到護士長，從護士長又傳到林諾克司大夫那裡。因為她住院的資格也相當老了，所以和麥克雷、康伯爾在一張桌上用餐，那桌上另外還有一位老將軍，是因為階級高而排在那裡的。這張餐桌和別的餐桌沒有絲毫的不同，安放的地位也並不優越，只是因為資格最老的病人坐在那裡，就被大家仰慕成誰都想坐的地方。有幾位年紀較大的女人對阿蒂根小姐非常氣憤，因為她每年夏天要出去住四五個月，竟有資格坐那張桌子，而她們是長年住在這裡的，反被安排在別的桌上。還有一位年紀很大的印度人，他在這療養院內住的時間，除麥克雷和康伯爾之外，是比任何人都長久，他過去的職位很高，曾統治過一個省分，現在也是氣憤不平地在等著麥克雷和康伯爾死去一個的時候，他好遞補上去坐那一張餐桌。奧桑汀和康伯爾也認識了。他是一個高個禿頂的人，身體瘦到使你納悶他那四肢怎麼連在一起的，當他折疊著身子坐到安樂椅上的時候，給人一種很不自然的印象，不由得想起傀儡戲中人物的動作。他很直爽急躁，脾氣很壞。他問奧桑汀的第一件事就是：

「你喜歡音樂嗎？」

「喜歡的。」

「這鬼地方沒有一個懂的人。我愛拉小提琴，哪天你到我房裡來，我拉給你聽。」

「你可別去。」麥克雷在旁邊聽見了插嘴說，「那簡直是受罪。」

「你怎麼能這樣沒有禮貌？」阿蒂根小姐喝止著說，「康伯爾先生拉得很好的。」

「這個鬼地方簡直沒有人能分得清調子。」康伯爾說。

麥克雷嘲弄地笑著走開了，阿蒂根小姐想把事情平息下來，就說：

「你千萬不要把麥克雷先生的話放在心上。」

「呵，我不會的。不過我有辦法對付他。」

那天整個下午，他反覆不停地把同一個調子拉了又拉，使得麥克雷在樓上直敲地板。但他在樓下還是照舊地繼續拉。麥克雷叫女僕送信說他有點頭痛，請康伯爾先生不要再拉琴了好不好；康伯爾回答說他有充分的拉琴自由，如果麥克雷先生不願意聽，可以塞起耳朵來。第二天他們遇見的時候，自然又是一場大吵。

奧桑汀是和琵少芙小姐、譚萊登以及一位叫亨利・蔡斯特做會計員的倫敦人在一張餐桌上。那位會計員是個矮粗、寬肩、很強壯的人，別人看了他那樣子，總會認為那是最不容易染上肺病的。這病到了他的身上也確乎是樁突然意外的打擊。他是一位非常平凡的人物，三四十歲的年紀，已經結了婚，有兩個孩子，他住在近郊的地方，每天早晨進城工作，看晨報；每天傍晚下鄉回家，看晚報。除了職務和家庭對別的都不感興趣，他喜歡他的工作，掙的錢也足夠維持舒適的生活，每年還總有相當的積蓄。每逢星期六下午及星期日，他便打高爾夫球，每到八月，便往本郡海邊去度三星期的假期。將來他的兒子長大結婚之後，他要把業務交給他，而自己便和老妻隱居到鄉下一所小房子裡，在那裡悠閒度日，以終天年。除此之外，他對於生活再無所求，而且這種生活也正是千千萬萬的人曾經滿意度過的。他就是一個這樣平凡的人物，然而意外的事情竟發生了。他在打高爾夫球的時候，受了點涼，就此咳嗽起來，並且總好不了。他因為一向強壯健康，從沒有想到過要找醫生，最後還是他的妻子再三勸說，他才同意去看一次醫生。當他聽說兩個肺上都有了結核病並且只有立刻進療養院還有治癒希望的時候，那真是一個大打擊，一個可怕的大打擊。當時給他看病的醫生告訴他說：只要兩年之後就可照常工作了。但是現在兩年已經過去了，而林諾克司大夫卻勸他一年之內最好別做這打算，曾叫他看他痰內的細菌和他肺部的X光照片，這使他的心完全沉下去了。他覺得命運對他的作弄實在太不公平太過殘忍了。如果他曾過一種放蕩的生活，喝酒、遲睡、玩女人……，那麼得這種病也還不算意外，不算冤枉。但那些事情，他是一樣也不做的，所以這真是出奇地不公平。因為他本身沒有什麼修養，對書籍又不感興趣，所以除了想著自己的健康之外，再也無事可做。這又造成了一種精神上的病態，時刻焦急地注意著自己的病狀。他自己每天要量十二次體溫，並且有種成見，認為醫生對於他的病太不關心，為了引起注意，他想盡方法使體溫增到驚人的程度，要是做不到，便變得抑鬱不歡。但本質上他是個樂觀隨和的人，當他忘記自己的時候，他會很開心地談笑，只是一想起自己是個病人的時候，眼裡立刻就現出死亡的恐怖來。

每月的月尾，他的妻子總會到這裡來，在附近的旅館裡住上一兩天。林諾克司大夫是不大喜歡這些病人家屬來探望的，因為這會使病人的情緒激動不安，可是看了蔡斯特盼著他妻子到來的熱切，誰都會感動的，不過注意去看的話，很奇怪的是，她每來一次，他的熱切便低落一點。蔡斯特太太是一位很討人喜歡的有說有笑的女人，說不上漂亮，但打扮得很整潔，像她丈夫一樣平庸，一望便知是位賢妻良母，溫和安靜，善於持家，盡職安分，與人無爭。她對於過了那麼許多年的呆板家庭生活非常滿意，她的唯一的生活調劑是看電影，最大的興奮是倫敦那些商店的大減價，而且這一切從未使她覺得單調，絕對地心滿意足。奧桑汀很喜歡她，當她談著她的孩子，她的房子，她的鄰居和她的平淡無奇的工作時，他很感興趣地去聽著。有一次他在路上遇見了她，那時蔡斯特正在院中接受治療試驗，所以只她一個人在走著，奧桑汀便提議一同去散步，他們談了一會閒話之後，她忽然問他對她丈夫的病覺得怎樣？

「我想他會完全好起來的。」

「我真是心煩得要命呢。」

「你要記著這是需要長期慢慢治療的，一個人要有耐性才行。」

他們又走了一會，他看見她哭了。

「不要這麼為他擔憂吧。」他溫和地說。

「呵，你不知道我每次來這裡所忍受的滋味。也許我不應該說的，但我要說說，我可以信任你的，是不是？」

「當然可以。」

「我愛他，我非常崇拜他。我願意為他做世界上任何的事。我們從來沒有吵過架，從來沒有對一點小事意見不同。現在他竟開始恨我，這太使我傷心了。」

「呵，這我不相信。你不在的時候，他總是在談你，談得再好沒有了，他也是崇拜你的。」

「不錯，我不在這裡的時候是那樣，可是我到了這裡，他看見我這麼健康，就受不了。你知道，他恨的是他生病而我健壯。他怕自己會死去，恨我是因為我還要活下去。我隨時都要小心留意，每一句話都要想想才敢說，如果我說起孩子，說起將來，都會激怒了他，使他說出些刻毒傷人的話來。當我談到家裡應該做的事情或是應該更換僕人的時候，他竟會難以忍受地動起氣來，說我對待他的態度是做什麼事都不把他算數了。我們一向是很親密的，現在竟有了一堵厚牆隔開了我們。我知道不應該怪他，我知道這是生病的現象，他實際上還是一位可愛的好人，再仁慈沒有，是世界上最容易相處的人，只是現在我怕來這裡，走開才覺得鬆口氣。如果我也染上肺病，他一定難過得要命，可是他心裡的最深處會覺得那是一樁快事；如果他知道我也快要死了，他就會原諒了我，也不再抱怨命運了。有時候他故意談著他死後我應該做些什麼來使我痛苦，我忍受不了哭喊著叫他住嘴時，他又說他不久要死而我還可以活著過很多年的好日子，用不著假情假意地給他這些小安慰了。呵，想到我們之間那麼多年的相愛竟會這樣不幸地被毀滅，實在太可怕了。」

蔡斯特太太坐在路旁一塊石頭上，傷心地痛哭起來。奧桑汀憐憫地望著她，卻想不出可以安慰她的話來說。她剛才告訴他的話，對他也並不是十分意外的。

「給我一支香煙。」她哭完之後說：「我不能讓眼睛紅腫起來，要是他看出我哭過，會以為我得到關於他的壞消息。死竟這麼可怕嗎？所有的人都是這樣怕死嗎？」

「我不知道。」奧桑汀說。

「我母親死的時候，好像是一點也不在乎。她知道死快到了，還說些關於死的玩笑話。不過她是年紀很老了。」

蔡斯特太太勉強振作起來，他們又繼續向前走去，沉默地走了一會。她終於又說：

「你不會因為剛才告訴你的話，就對亨利有了不好的成見吧？」

「當然不會。」

「他曾經是個好丈夫和好父親。我這一生中還沒見過比他更好的人。在得病之前，我再也想不到他的心裡會發生什麼不好的念頭。」

這一番談話使奧桑汀陷入了沉思之中。別人常說他把人類的本性看得太低了，這是由於他不常用一般的標準去判斷他的同類的緣故，很多使人感到驚駭的事，他往往是微微一笑，滴幾滴眼淚或是聳一聳肩頭來接受的。的確，誰也想不到那位好脾氣、守本分的矮小人兒，心裡竟藏著些這麼刻毒卑鄙的思想；不過誰又能知道一個人會墮落到什麼地步或是什麼程度呢？這過失完全是由於理想的缺乏。蔡斯特生來所受的教養就是要過一種平庸的生活，接受正常的生活變遷，當意想不到的打擊落到他身上的時候，他就一點也無法應付了。這就像一塊磚，本來是和其他成千成萬的磚一同建築一座工廠的材料，但偶然有了一點缺陷，被認為不適用了。那磚如果有感覺的話，在這種情形下，也會傷心痛哭著說：「我做錯了什麼事，竟不能實現我那最卑微的願望，必須從那些可以支持我的許多磚中間挑出來，擲到垃圾堆上去呢？」蔡斯特不能聽天由命地接受他的災難而驚慌自苦，也不能怪他，因為從藝術或學術中尋求慰藉並不是每個人都能做到的事。我們這時代的悲劇是一般卑微的人們對上帝失去了信仰。上帝本來是人們寄託希望的對象，而相信來世是可以補償他們現世所得不到的幸福的。

有些人說受苦可以使人精神高尚，這話並不確實。一般來講，這會使人變得卑下、懷恨和自私的，不過這療養院內並說不上什麼受苦，在肺病的症候中，那輕微的發燒，如其說使人沮喪，還不如說使人興奮，因此病人都是感覺著活潑，燃燒著希望、快樂地面對著未來。不過，歸根結柢地說起來，那死亡的意念還常出現在他們的下意識中。這是一齣輕鬆小喜劇中的一支嘲弄意味的主題歌曲。本來是歡樂的調子，跳舞的節奏，很奇怪地忽然又轉成震人心弦的悲音。那些每天的小爭執，沒意思的小嫉妒，沒有事的小驚擾，悲傷恐怖一來的時候，立刻使心靜靜地停止了跳動，死亡陰影的覆蓋，就像熱帶森林中暴風雨來臨之前的那片刻寂靜。奧桑汀在這療養院中住了些時候之後，又進來了一個二十歲的青年人，是海軍潛水艦隊的少尉，他患的是所謂急性肺病，個子高高的，樣子很好看，一頭鬈曲的褐色頭髮，一對藍眼睛，滿臉甜蜜的笑容。奧桑汀有兩三次看見他在廊子上曬太陽，和他一起消磨著日子。他是個愛說笑的孩子，曾談到歌舞表演，電影片子和明星生活，看報紙上的足球賽的結果和拳擊的消息。後來他躺到床上了，奧桑汀便沒有再見到他。請來了他的家屬，不到兩個月他便死了，毫無怨言地死了，他好像同其他動物一樣的對於自己的遭遇並不怎樣知覺。有一兩天之久這療養院內瀰漫著不歡的氣氛，就像監獄內剛有人受了絞刑一樣。隨後，又彷彿一致同意，要服從那自保的本能，把那死去的小伙子不再放在心上，那一日三餐、按時運動、按時休息、吵架嫉妒、散佈謠言、發洩憤怒的生活，又像以前一樣的進行著。康伯爾為了激怒麥克雷繼續奏弄他的樂器。麥克雷繼續誇耀他那打橋牌的技術，說些關於別人的健康和品行的閒話。阿蒂根小姐繼續在背後罵人。蔡斯特繼續抱怨醫生不用心給他治病，並且大罵命運的不公平，說他規規矩矩地過了一輩子竟讓他受這種病的糾纏。奧桑汀也繼續讀他的書，同時用一種超然的態度望著同院病人們的庸擾。

他和譚萊登也熟起來了。譚萊登有四十開外的年紀，曾在禁衛軍中服務，戰後才退職，境況很富裕，退職之後便一直在尋歡作樂地過日子，賽馬的季節賽馬，射擊的季節射擊，打獵的季節打獵，當這一切都過去時，他便到蒙地卡羅去賭博。他很喜歡女人，如果他那些故事都可相信的話，女人們也很喜歡他。他愛吃好食物喝好酒。倫敦每一家你認為出色的飯館店中的茶房頭，他都能叫出他們的名字來。他參加了半打的俱樂部作會員。他過了很多無意義、無價值的自私生活，這種生活在將來也許誰都不可能再過的，但他過得毫無不安而且洋洋得意。奧桑汀有一次問他，如果他又回到當年，他要過怎樣一種生活呢，他回答說一定還照樣來一遍。他是一位很有趣的健談家，並且是位百事通，樣樣事情他都浮光掠影地懂一點。他對療養院內的那些服裝不整的老小姐們，見面總有幾句討人喜歡的話，對那些脾氣暴躁的老頭子們，也總是見面就開幾句玩笑，這是因為他天性仁慈又加上有禮貌的修養。他是那種隨時都愛打賭，愛幫助朋友也愛周濟餓漢，就算他在世上沒做好事，也從來沒做什麼壞事，他是個毫無成就的人，但比很多品性端正、行為高尚的人更令人願意和他接近。他現在病得很厲害，自己也知道快要死了，但處之泰然，像他對其他的事情一樣的淡漠。他曾經有過一段顯赫的好日子，無所悔恨，得了肺病固然是糟透了的惡運，但隨它去吧，誰也不能永遠不死，想起來，一個人是隨時隨地都可以死的。他這一生的生活原則既然已經充分做到，那就忘懷一切吧，他錢花得痛快，日子也沒白過。一個宴會只要開得熱鬧成功，那麼你是玩到天亮帶著牛奶回家，或是正在興頭上離開，又有什麼關係呢？

在療養院裡所有的病人之中，從道德的觀點來看，譚萊登也許是最不足稱道的，但他卻是唯一能真正毫不在意去接受命運安排的人。他能面對著死亡吮他的手指。你要稱他的輕浮為荒唐呢，還是稱他的淡漠為豪邁，怎麼都可以。

還有關於他的最後一件事，就是到了療養院內之後，他竟從未有過的認真戀愛起來。他有過很多次的戀愛，但都是膚淺的，總是和以金錢為目的的歌女，或宴會上遇到的不正經的女人玩玩便滿足了，竭力避免碰觸到會侵害他的自由的眷戀。因為他生活的唯一目的就是盡量尋求快樂，在性愛方面，他也覺得不停地變換對象更有好處而並無不方便的地方。不過他確是真正喜歡女性的人，就是同一位年紀很老的女人說話，他也是眼色特別和藹，聲調特別溫柔，他願意去做任何取悅她們的事情。女人們感覺到這一點的時候，當然很開心也願意接受他的殷勤，並且覺得也很可信任，實際上也確乎不錯。有一次他說過一件事，奧桑汀認為他很有見解。

「你知道，只要工夫下得夠，任何男人都可以得到他想要的女人，並沒有什麼了不起，不過，發生過一次關係之後，就只有男人才以為女人的世界會不加輕侮地放過她。」

他和琵少芙小姐談戀愛，可說純粹是由於習慣。她是這療養院裡最漂亮最年輕的女孩子，不過事實上她沒有奧桑汀當初所想的那麼年輕，她已經二十九歲。只是最近八年來，一直生活在瑞士、英國、蘇格蘭的幾個療養院之間，那清靜休養的生活竟保持了她的年輕容貌，使人很容易把她看成只有二十歲的年紀。她所知道的世界是只限於這幾處療養院的地方，因此她混合地有著極端的天真和世故。她看見過許多戀愛事件的演出，並且有過很多不同國籍的青年人同她談情說愛，她很能沉著幽默地接受他們的殷勤，但是當他們有進一步的表示時，她的應付也能非常堅定不亂。她有著任何像她這般美貌的女孩所少有的天生能力，到了緊要關頭，知道怎樣用坦白、冷淡而又堅決的字眼，表達自己的意思。現在她準備好了要同譚萊登玩一次。她知道這是逢場作戲，所以在對他流露的好感之中，總帶著點嘲弄的意味，明顯地表示著她已經看透了他，絕不會比他來得認真的。譚萊登像奧桑汀一樣，也是每天傍晚六時上床，在自己房裡用晚飯，只有白天才見得到琵少芙小姐。午飯的時候，他們同桌四人的談話是很普通的，但很明顯地看得出譚萊登那麼談笑風生，絕不是為了取悅那兩位男人。奧桑汀覺得他好像已經不是為消遣而和琵少芙小姐調情了，他對她的情感越來越深，越來越真摯了，只是不知琵少芙小姐是否察覺出了，是否看重這感情。無論什麼時候，只要譚萊登說出一句意味比較親蜜的話來，她總是立刻用譏誚的話頂回去，引得大家一齊笑起來，但譚萊登的笑總顯得很悲苦。他像是很不願意再被她當作花花公子來看待。至於奧桑汀對於琵少芙小姐也是越熟越覺出她的美好來，那白到透明的皮膚，那瘦臉上的又大又藍的眼睛，實在有著非常逗人愛憐的病態美；並且她的處境也是含有令人同情的淒苦意味，同這療養院內其他的病人一樣，她像是單獨地活在這世界上。她的母親在過著忙碌的社交生活，她的姊妹已經結婚，她們對於這位分離了八年之久的女孩子，感情已變得很淡薄，雖然還不斷地通信，有時也來探望一下，但次數總是越來越少了。她對於這情形並不怎樣傷心，因為她對這裡的每個人都很友愛，總是同情地聽他們的訴苦和抱怨，對蔡斯特尤其親切，常竭力想使他的心情好起來。

「對啦，蔡斯特先生，」有一次吃午飯的時候，她對他說，「又到月尾了，你的太太明天要來了吧？有點事情盼望著真是不錯。」

「她這個月不來了。」他望著餐盤平靜地說。

「呵，抱歉得很。為什麼不來了？孩子們不是都很好的嗎？」

「林諾克司大夫認為她不來對我比較好點。」

大家沉默了一會。琵少芙小姐抬起眼來不安地望著他。

譚萊登用他那口直心快的態度說，「這真倒楣，你為什麼不告訴林諾克司大夫，叫他少管閒事。」

「他的意見當然是最可靠的。」蔡斯特說。

琵少芙又望了他一眼，便開始去談別的話了。

奧桑汀在旁冷眼觀察，看出她已經猜到事實的真相了。第二天他碰巧和蔡斯特一塊在散步，便說：

「你的太太沒來，我真覺遺憾得很。你一定為這難過得要命呢？」

「的確難過。」

他說完這話偷偷望了對方一眼。奧桑汀知道他是有什麼話想說，可是又一時說不出口。最後他狠狠聳了一下肩頭，終於開口了。

「她不來是我搞的鬼。我要求林諾克司大夫寫信叫她不要來的，因為我再也受不了啦。我整月地盼著她來看我，等她來到這裡的時候，我又恨她。你知道我恨極了這可惡的病。她身強力壯、精神飽滿，我一看到她眼裡有痛苦的表情，就氣得要發瘋。實在說我的病對她有什麼關係呢？一個人生了病，誰會關心他？就是關心也是假裝的，他們心裡正得意非凡地慶幸著病的不是他們自己呢。我是個自私的人，對不對？」

奧桑汀記起了蔡斯特太太怎樣坐在路旁石頭上傷心痛哭。

「你不叫她來，不怕使她傷心嗎？」

「絕不能再讓她來。我自己的不幸已經夠受了，那裡還顧得了她。」

奧桑汀不知說什麼才好，兩個人默默地向前走著。過了一會蔡斯特忍受不住了似的說：

「對於你們來說，不計較、不自私當然是很好的，可是你們是要活下去的，而我就要死了。上帝該不允許的，我實在不願死。憑什麼我應該死？這太不公平。」

日子一天一天過去。在一個大家都無所事事，像療養院這樣的地方，很容易地不久每個人都知道了譚萊登愛上琵少芙小姐了，但是她那方面的感情怎樣呢，卻很難說。她喜歡他的陪伴是看得出的，卻從來不去找他，她不能和他單獨在一起的時候，神色有點煩躁不安倒也是真的。有一兩位中年婦人想用計套出她的真心話來，但她那麼精通世故，對付起她們正是旗鼓相當，絕不會讓她們達到目的。她們轉彎抹角說些試探話的時候，她假癡假呆地裝作不懂；她們開門見山地直問的時候，她就故作驚訝地大笑不已，總之，把她們捉弄得夠受了。

「她該不會蠢到看不出他對她著迷的樣子。」

「她不該這樣子玩弄他的。」

「我相信她也像他一樣地陷入情網了。」

「林諾克司大夫應該把這事通知她的母親。」

沒有誰比麥克雷更激怒的了。

「這太荒唐，絕不會有什麼結果的，他的肺病那麼重，她的也好不了多少。」

另一方面是康伯爾表示著他的嘲弄和粗魯。

「我倒是希望他們在還能享受的時候，去享受一點快樂。誰知道他們是不是已經嘗到甜頭了，這也難怪他們。」

「下流東西！」麥克雷不屑地說。

「好，你等著看嘛。譚萊登這種人絕不會無所求而只是同她逗著玩玩的，而她，我敢說，也不是初出茅廬的小孩子。」

奧桑汀什麼都看在眼裡，對他們的認識可比別的任何人都來得深刻，後來譚萊登終於很信賴地向他說著知心話。他想起來頗覺有趣。

「這真是我一生中的怪事，我竟會和正派的女孩子發生了戀愛，這可說是我自己也沒想到的事。否認也沒用，我已經完全為她顛倒了。如果我是個健康的人，我明天就要向她求婚。我從來不知道女人會好到這樣子。我一向總認為女人──正經的女人是令人討厭的東西。但她一點也不討人厭，她是既聰明又風趣，並且漂亮。天呵，看她那皮膚！還有那頭髮，不過那並不是真正束縛住我的情絲。你知道我著迷的是什麼嗎？你知道了才會覺得好笑呢，像我這樣的一個老浪子，品德這名詞，一向使我聽了要笑煞的。我對女人最不看重這個，但是現在遇見了，我竟迷到無法解脫。她太高貴了，使得我覺得自己像一個卑賤的東西。我想這些話一定很令你奇怪吧？」

「一點也不奇怪，」奧桑汀說，「浪子回頭的，你並不是第一個，這叫做中年人的多情。」

「你這傢伙。」譚萊登笑了。

「她對這怎麼說呢？」

「天哪，你以為我向她表白過嗎？我從來沒有對她吐露過一個字，別人面前我也絕不說的，半年之內我就要死了，再說對於這樣好的一個女孩子，我那一點配得上她。」

其實奧桑汀已經確實地知道，她也正同樣熱烈地愛著他。他看見過他走進餐廳的時候她的臉紅，和他不注意時她向他投射的那些溫柔眼光。還有他講他的往事時她總是意味深長地微笑著在傾聽。在奧桑汀的印象中，她浸沉在他的愛裡的樣子就像那些病人面對著雪景在廊子上曬太陽一樣的舒服，不過她的意思也許僅僅這樣就滿意了，所以他用不著多事把她無意叫譚萊登知道的事去告訴他。

又過了些日子，這裡忽然發生一件意外之事打破了生活的單調。就是麥克雷和康伯爾雖然是死對頭，卻總是在一起玩橋牌，因為在譚萊登到來之前，他倆一直是這院裡的最好的牌手。他們兩人總是互不相讓地爭論，永無休止的攤牌，但是經過了這許多年，彼此已經完全知道了對方的技術，因此誰贏了誰，也就格外覺得高興。譚萊登照例是不和他倆同牌桌的。雖然是位能手，他卻情願和那被他們認為糟蹋別人的牌的琵少芙小姐一起玩，她是自己失手被人贏了時便笑笑說，「這不過是各人妙計不同罷了。」的那種人。但是有一天下午，琵少芙小姐因為頭痛沒有出來，譚萊登便答應了和麥克雷、康伯爾一起玩，第四個人是奧桑汀。這時雖然已是五月末，卻還剛下過幾天的大雪，他們是穿戴著皮外套、皮帽子和無指手套，在一個三面通風的廊子上玩。對於一個像譚萊登那樣的賭徒，這牌的輸贏是小到使他提不起勁來認真打的，因此他叫牌是非常的大膽。並且他的打牌技術比其他的三位高明得多，高明到差不多總可完成和約。但是賭注總是加了又加，叫牌越來越大，成了很緊張的局面，同時麥克雷和康伯爾兩人口裡又不停地用話相激著。五點半的時候開始作最後的決賽了，因為到六點鐘，鈴一響大家就都要回房休息去。這是一場很激烈的決賽，因為麥克雷和康伯爾彼此都一心不讓對方贏去。差十分六點的時候，牌就要結束，現在剩了最後一張牌了。譚萊登是和麥克雷一邊，奧桑汀是和康伯爾一邊。麥克雷開始以一對黑桃叫牌，奧桑汀沒有說話，譚萊登表示他頗有實力可以相助，最後麥克雷竟叫了個大滿貫。康伯爾跟著把賭注加倍，麥克雷又再加倍。別的牌桌上的人聽見了，都散了局湊過來看熱鬧。在眾人圍觀之下，賭的人更加聚精會神一聲不響地賭著。麥克雷的臉激動得發了白，頭上冒著汗珠，手一直在發抖。康伯爾是在冷笑著。可是麥克雷「偷機」兩次都成功，最後又用「擠牌」的戰術，終於贏了。一陣喝采的掌聲從旁觀的人群中爆發出來，麥克雷得意非凡，高興得跳起來，握著拳頭向康伯爾晃著。

「吹你的笛子訴苦去吧。」他大聲嚷著說，「一個加倍了又加倍的大滿貫，我一輩子想贏的就是這個，現在可得到了。天哪！天哪！」

他氣喘起來，踉踉蹌蹌地衝到一張桌子上伏下身去，一股鮮血從口裡直冒出來。趕快去請醫生，其他醫務人員也都到來的時候，他已經死了。

兩天後他被埋葬了，為了怕激動其他病人的情緒，葬禮是在清晨很早的時候舉行的。有一位從格拉斯哥來的穿著黑衣服的親戚主持他的喪事。這裡沒有一個人喜歡過他，也沒有一個人哀悼他。最多不過一星期，他便被人忘記了。那位印度人頂坐了他那首席餐桌上的位子，康伯爾搬進了他渴望已久的房間。

「現在我們可以安靜了。」林諾克司大夫對奧桑汀說，「你也許想我早就該阻止他們爭吵的……要知道，開辦一個療養院是必須有耐性的。想想他給了我那麼多麻煩之後，竟得了這樣一個結局，並且把大家嚇得夠受。」

「真有點嚇人呢。」奧桑汀說。

「他是個毫無價值的人，不過有幾位女人還是很為他傷心。可憐的琵少芙小姐把眼睛都要哭出來了。」

「我想她是唯一不為自己而為他哭的人呢。」

但是不久事實證明了還有一個人沒有忘記他。康伯爾現在竟像個迷失的狗一般終日在彷徨著。他不玩橋牌了，也不說話了，無疑地他是在懷念麥克雷。有好幾天他不出房門，飯也是送進去吃，後來去見林諾克司大夫，說他對這個房間也覺得不喜歡，願意再搬回從前的那間去。林諾克司大夫很少有地發起脾氣來，說他為了要這個房間麻煩他幾年了，現在他不住在那裡就出院好了。他回到房裡，呆坐著沉思起來。

「你為什麼不拉小提琴了？」那看護忍不住地問，「有兩個星期我沒聽見你拉琴了。」

「我沒有拉。」

「為什麼？」

「沒有意思了。過去拉得起勁是因為我知道會使麥克雷聽了難受。現在我拉不拉，沒有人在意了。我將再也不拉了。」

在奧桑汀住院的後來一段時間內，他的確一直沒有拉過。很奇怪的是自從麥克雷死後，生活對於他變得興味索然了。沒有人可以吵嘴，沒有人可以發脾氣，他完全失去了生活的刺激，並且很顯然的沒有多久他要追隨著他的仇人到墳墓裡去了。

不過在譚萊登身上，麥克雷的死是產生了另一種影響，並且這影響不久便在行為上有了意想不到的表現。有一天他又用那種冷靜達觀的態度對奧桑汀說：

「在勝利的一刻那樣地死去，多麼偉大啊！真不明白為什麼一個一個的還那麼為這件事難過。他在這裡已經很多年了，是不是？」

「我相信有十八年了。」

「住這麼久是不是值得呢？是不是盡情享樂一番接受不幸的後果還更值得點呢？」

「我想這要看你對生活的估價怎樣。」

「不過，像這能叫作生活嗎？」

奧桑汀沒有回答他。奧桑汀是再過幾個月就要痊癒的，而譚萊登呢，是只要望他一眼就知道他再也不會好了，死的影子已經籠罩在他的臉上。

「你知道我做了什麼嗎？」譚萊登問，「我曾向琵少芙小姐求過婚呢？」

奧桑汀吃了一驚。

「她怎麼說的？」

「可讚美的靈魂，她說那是她一生中所聽到的最好笑的念頭，說我怎麼狂妄到會起了這樣的念頭。」

「你應該承認她說得對。」

「非常對。不過她要和我結婚了。」

「這簡直是瘋狂了。」

「確乎是的。不過，無論如何我們要去見林諾克司大夫，問他對這件事的意見怎樣。」

這時冬天已經過去，雖然山上仍然有雪，山谷裡的雪卻已經溶化，並且山坡低處的赤楊樹已長了芽，就要展開成為嫩葉了。春的氣息到處瀰漫著，陽光也熱起來，每個人都變得活潑了些，有的人甚至覺得快樂起來。那些只有冬季才住院的老主顧，這時都在做到南方去的打算了。譚萊登和琵少芙小姐一同去見林諾克司大夫，把他們的意思告訴了他。他給他們兩人做檢查，照X光和各種別的試驗。林諾克司大夫定了一個日子，告訴他們檢查的結果，討論他們提出的問題。奧桑汀遇見他們的時候，是在這日子之前，他倆非常焦急不安，同時又竭力裝著並不放在心上。終於林諾克司大夫告訴了他們檢查的結果，並且直截了當地把他們病況解說著。

「這一切都做得很好，」譚萊登說，「不過我們要知道的是能不能結婚。」

「這要絕對地小心才行。」

「我們知道的，不過這有什麼關係。」

「你們要是生孩子，那可太罪過了。」

「我們不想生。」琵少芙小姐說。

「好，那麼我便簡單地把事情的要點告訴你們好了，以後一切由你們自己決定吧。」

譚萊登對琵少芙小姐微笑了一下拿起她的手來。醫生接著說下去。

「我認為琵少芙小姐絕對不會好起來過一種正常生活的，不過，如果能像這八年來小心地生活的話……」

「您是說在療養院裡嗎？」

「是的，她就算不能活到很大年紀，為什麼不讓她像一般人所希望的盡量多過幾年舒服日子呢？這病是可以停止發展的。可是她如果結婚，如果她要過常人的生活，病勢立刻會活躍起來，結果怎樣就難說了。至於你呢，譚萊登先生，我估計的更少。你自己看見過那X光照片的。你的肺上已佈滿結核。如果結婚的話，六個月內就會死的。」

「如果不結婚，我能活多久呢？」

醫生猶豫起來。

「不必為難，告訴我實話好了。」

「兩年或是三年。」

「謝謝你。我們想知道的都知道了。」

他們像進來時一樣的手牽著手地走出去了。琵少芙小姐低聲啜泣著。誰也不知道他們彼此說了些什麼，當他們出來吃飯的時候又興高采烈的了。他們告訴奧桑汀和蔡斯特說他們一拿到結婚許可書就要結婚了。後來琵少芙小姐又轉向蔡斯特說：

「我真希望你的太太能來參加我的婚禮。你想她會來嗎？」

「你不會在這裡舉行婚禮吧？」

「是在這裡。因為我們的親友是只有反對的，我們要在事後才通知他們，我們要請林諾克司大夫做我的主婚人。」

她溫柔地望著蔡斯特，等著他開口，因為他還沒有回答她的話，另外那兩位男人也在望著，他說話的時候，聲音有點發抖。

「謝謝你的盛意，我要寫信叫她來的。」

消息在病人之間傳開來的時候，雖然每個人都向他們賀喜，大部分的人私下裡還是彼此在議論他們的荒唐，但是這療養院中的一切事情遲早都會傳到病人耳朵裡的，當他們知道了林諾克司大夫曾告訴譚萊登如果結婚六個月內會死的消息之後，他們肅然起敬了。就是那些感覺最遲鈍的人們，想到這兩個人愛到情願犧牲自己的生命，也為之感動了。這療養院內忽然有了一種相親相愛的精神；那些彼此從來沒有談過話的人們，現在竟談起話來；那些總在想著自己的病人，也暫時忘記了焦慮。每個人都像在分享著那一對快樂的人的快樂。使那些病人的心靈中充滿了新希望的，並不只是春天的力量，而是那發生在那一對情人身上的偉大愛情光輝，普照到所有接近他們的人的身上了。琵少芙嫻靜地表現出幸福，興奮使她的樣子都變了，更年輕更美麗了。譚萊登是像在半空中行走似的飄飄然，有說有笑好像什麼心事也沒有了。看了他那樣子，簡直可以說他像在期待著一個幸福無礙的遠大未來。

但是有一天他卻向奧桑汀吐露了真情。

「你知道這裡真是個不錯的地方，」他說，「琵少芙答應我，等我翹了辮子的時候，她還要回這裡來。她和這裡的人熟識，可以不會太孤獨。」

「醫生常常會診斷錯誤的，」奧桑汀說，「如果你生活得很有規律，未必不能活很久。」

「我只希望有三個月。如果能得到也算沒白活了。」

蔡斯特太太在婚禮的前兩天來了。她和她的丈夫已有幾個月沒見面，彼此有點怪不好意思的樣子，並且很容易猜得出，只他們兩人在一起的時候，一定覺得非常不自然。但蔡斯特竭力不再露出那已成習慣的沮喪神情，吃飯的時候，在各方面都表示著他是個快樂達觀的人，想來他病前確乎就是那樣子的。在舉行婚禮的前一天晚上，大家都聚在一起用晚飯。譚萊登和奧桑汀也是起床來吃的，他們一齊喝香檳，說說笑笑盡情歡樂地坐到十點鐘才去睡。婚禮是第二天早晨在教堂舉行，奧桑汀擔任男儐相，這療養院中凡是可以起床行走的人都去參加了。用完午餐之後，那對新婚夫婦便立刻乘車出發走了。所有的病人、醫生、護士都一齊出來送行。他們的車子後面，還有人給放了一隻破鞋取吉利，出療養院門口的時候，彩色的米粒紛紛撒向新人的頭上。在大家的歡呼聲中，他們走了，向著愛情也向著死亡走了。送行的人慢慢地散開去。蔡斯特夫婦倆靜靜地並排走著，走了一程，他不好意思地拉起她的手來。她的心好像停止了跳動，偷望了一下，看見他的眼睛被淚水浸濕了。

「寬恕我吧，親愛的。」他說，「我對你太殘忍了。」

「我知道你不是存心要那樣的。」她訥訥地說。

「是存心，我是存心那樣做的。因為我在受苦，我也要你受苦。可是以後再也不會了。這都是為了譚萊登和琵少芙……我不知怎樣說才好，總之，使我對任何事的看法都不同了。我不把死看得那麼重要了，至少沒有愛那麼重要。我願意你活下去，並且活得快樂幸福。我不再對任何事猜疑，不再對任何事怨恨了。我很高興注定要死的是我而不是你。我要為你祈求著世上所有的幸福，因為我愛你呵！」

生活的事實

| 毛姆小說選集 |

亨瑞·嘉納有一種習慣，就是每天下午出城回家吃晚飯之前，照例到俱樂部去玩一會橋牌。他是一位誰都歡迎的好牌手，對於橋牌懂得很多，打得高明，並且牌品很好，贏了的時候，總愛把勝利歸之於運氣，而不願誇說技巧。同時對人寬宏大量，如果他的夥伴打錯了牌，總是找理由來原諒。所以今天真是奇怪啦，竟聽見他不耐煩地對他的夥伴說：「從來沒看見過比你更糟的牌手」，更奇怪的是遇到他犯了照說不應該會犯的錯誤，被同夥的人不得不指點出來的時候，他竟不顧事實，大發脾氣，堅持說他一點也沒打錯。好在和他一起玩的都是老朋友，也就沒有人同他認真。亨瑞·嘉納是一位經理人，某信託公司的股東，這時其中有一位想到他的心情不好，一定是他買進的股票跌了，於是便問：

「今天行情怎樣？」

「好得很，進戶都賺了。」

這樣看來亨瑞·嘉納的煩惱顯然是和股票生意無關的，不過總有點事，這是顯然可以看出的。他是一位有健康的身體，有富裕的財產，愛妻子又愛孩子的樂觀健談的人物，一向都是興高采烈的，對於別人一面打牌一面說的笑話，他是最容易發笑的。但今天竟悶聲不響地坐在那裡，眉頭緊緊地皺著，嘴也悶悶不樂地閉著。這時另外一個人為了消除這緊張的情形，便提出一個大家都知道亨瑞最感興趣的話題來。

「亨瑞，你的兒子好嗎？他在這次網球比賽中表現得真不錯呀。」

亨瑞的眉頭皺得更緊了點。

「並沒有我期望的那麼好。」

「他什麼時候從蒙地卡羅回來？」

「昨天晚上已經回來了。」

「他玩得痛快嗎？」

「大概很痛快，不過據我看是作了個傻瓜。」

「呵，怎麼啦？」

「如果你不介意，我們還是不談這個吧。」

三個人一齊好奇地望著他。亨瑞滿臉苦惱地對著綠絨檯面發呆。

「對不起，伙計，該你叫牌了。」

牌局在沉默中進行著。嘉納雖然有了叫牌機會，但總是打得壞極了，連輸三場，一句話也不說。又開始了一局，打到第二場的時候，嘉納竟放棄了一副牌。

「一張好牌都沒有嗎？」他的同夥問。

嘉納的脾氣大到連話也不回答，可是後來攤牌一看，他竟是犯了應該跟牌而沒有跟的錯誤，而且這場決賽也就輸在他這錯誤上了。像這樣子，他的同夥還對他的少心無肝不加責備，當然是不可能了。

「亨瑞，你到底是怎麼啦？」他說：「打牌打得像個傻子似的。」

嘉納露出煩擾不安的樣子來，他自己輸了是無所謂的，但是為了自己的不注意連累同夥的人輸了卻很不安。他竭力振作了一下，說：

「我還是不要再玩下去的好，本來以為玩玩牌可以使我平靜下來的，誰知心總不能放在牌上。對你們實說，我的心情壞極了。」

大家一齊哄笑了。

「老傢伙，不用你說，我們早就看出來了。」

嘉納對他們苦笑了一下。

「我敢說要是你們遇到了我所遇到的，也會同樣亂發脾氣的。實在告訴你們，我現在的處境尷尬得很，要是你們那一位能給我點指教，那真要感謝不盡。」

「讓我們喝點什麼，你把整個事情講給我們聽聽。這裡一個是皇家法律顧問，一個是內政部官員，一個是著名醫生──要是我們還不能對你提供意見，那就沒有人能了。」

那位皇家法律顧問站起來按鈴叫侍者。

「就是關於我那個寶貝兒子的事。」嘉納說。

點叫的飲料端來了，下面就是亨瑞・嘉納告訴他們的故事。

他所說的那個孩子是他的獨生子，名字叫尼克拉司，但他們都親暱地叫他作尼克，現年十八歲。嘉納另外還有兩個女兒，一個十六歲，一個十二歲。就一般情形來說，作父親的往往特別喜歡女兒，但嘉納卻有點與眾不同，儘管竭力不想露出，還是很顯明的偏愛著兒子。對於兩個女兒是偶然開開玩笑地那種慈愛，遇到生日或聖誕節的時候買很好的禮物送給她們，但對於尼克呢，卻簡直有點近於溺愛，給他的東西總是好了還要好，並且時時想著他的前途，一刻也不放心離開他。這也難怪，因為尼克實在是任何父母都要引以為榮的好兒子，有六呎二吋高的個子，柔軟而又強壯、寬肩膀、瘦腰身，隨時都保持著筆直英俊的姿勢。頭臉更是生得美好可愛，淡褐色的頭髮，微微有點鬈曲，兩道形狀很美的眉毛下面，一對藍眼睛，生著很長的黑睫毛，紅潤的嘴唇，白淨的皮膚，笑的時候露著一排整齊的白牙。他並不怎樣怕羞，但態度中常有一種惹人愛的謙和，在社交場合中，沉靜有禮而又和氣活潑。他正是那種優美健康端正的雙親所生的孩子，在高尚家庭中養大，又被送進優良學校受教育，由於這種情形，結果自然就成了一般人理想中的模範少年。你看了他的樣子就覺得出他是誠實直爽而又高貴，他從來沒有給過父母一點不愉快，小孩時期，他很少生病，也不頑皮；長大之後，讀書成績優良，在學校中出盡鋒頭，畢業的時候得到無數的獎品獎狀，是學校的領袖人物，並且是足球隊長。不但如此，在十四歲的時候，他忽然又發展成為草地網球的突出健將。網球是他父親不只愛好而且擅長的一種遊戲，當他在這孩子身上看出有成為網球名手的希望時，便下了決心要培養他成功。每逢假期總請最好的職業球員來教他。十六歲的時候，他在同年齡的少年網球比賽中就得了一次勝利。他和他父親對打起來，可以把他打得那麼慘敗，慘到唯有那父母之愛才會使一位老手安於那種出醜。十八歲的時候，他進了劍橋大學，嘉納懷抱著一種野心，想叫他在畢業之前，能作劍橋的網球選手。尼克有著成為網球名手的各種條件，他個子高，手伸得遠，腳跑得快，又有力接球。他可以本能地覺得出球要從那裡來，不慌不忙地便到了那裡接住還擊過去。他發球很猛並且著地會轉，很難還擊回來。他的正打很低很遠而又很正確，令人不易招架，只有反擊還不夠好，飛擊也還有點亂，關於這幾點毛病，在他進劍橋大學之前的夏天，嘉納曾叫他跟著英國最好的教師努力去下過功夫。在他心底還是有著對尼克也未說過的遠大野心，希望有一天能看到兒子在溫布頓賽球，並且說不定他也許還能代表國家去參加台維斯杯的比賽。每逢在想像中看見他的兒子跳過網去和剛被他打敗的美國選手去握手，然後一同離開場子，走到那掌聲震耳欲聾的人群中的情景，他的喉嚨便不由得哽塞起來。

亨瑞・嘉納是一位常到溫布頓去的熱心觀眾，因此交結了好多網球界的朋友。有一天晚上在城裡的一個宴會上，身旁坐的正是其中的一位布雷巴松上校，談話中間，終於談到了他的尼克，說到怎樣找機會讓他當選為劍橋大學網球代表的事上。

「為什麼不叫他到蒙地卡羅去參加那裡舉行的春季網球賽？」布雷巴松上校忽然想起來說。

「呵，我想他還沒好到那個程度，他還不滿十九歲，去年十月才進的劍橋，怎麼能得到和那些名手對打的機會。」

「當然啦，像奧斯汀和梵庫姆等人，他是打不過的，但也許碰巧會贏一兩場，如果能得到機會和那些小傢伙們對抗，說不定會打敗他們兩三個。他從來沒得過和第一流名手對打的機會，這對他是很難得的訓練，他會學到很多本領，比在你送他去的那些海濱球場中所學的要多得多了。」

「我作夢也沒想到過這個，我不能讓他在學期中間離開劍橋。我常警告他打網球不過是遊戲，絕不能為它妨礙功課。」

布雷巴松上校問了學期什麼時候結束之後，說：

「那有什麼問題。只不過差三四天，這很容易設法解決的。你知道，我們寄託著希望的球員有兩個，已經使我們失望，我們的形勢很不利，應該盡量設法送一隊好的球隊去。德國已經派去了他們最好的球手，美國也是一樣。」

「算了吧，老朋友。第一、尼克打得不夠好，第二、我從未想到過送一個無人照管的孩子到蒙地卡羅去。要是我能跟去，還可考慮，但這又是絕對不可能的。」

「我要去，我要以英國球隊的名譽隊長身分去參加的，我會替你照管他。」

「你到了那裡會忙得很，再說這也不是我願意請你擔當的責任，告訴你吧，他從未到過外國，他在外面的期間，我會一刻也不得安寧的。」

談話到此為止，不久嘉納回家去了，但是布雷巴松上校那番恭維太使他開心了，忍不住地去告訴了他的妻子。

「想想看，他竟認為尼克好到那種程度呢。他說他看過尼克打球，說他的姿勢好極了，只要再練練，就可以成為第一流名手。親愛的，我們將來一定會看到這孩子在溫布頓賽球的。」

出他意料之外的是嘉納太太對於讓孩子到蒙地卡羅去，竟沒有如他所預期的那樣表示反對。

「其實這孩子已經十八歲了，他從來沒有闖過禍，為什麼現在倒認為他會出差錯？」

「他的功課要緊，別忘了這個。我認為第一學期就讓他不有始有終的讀完，是很糟糕的事。」

「但是差三兩天有什麼關係？奪去他這樣一個好機會實在太不應該。如果你去問他一聲，我敢說他準會高興得跳起來。」

「算了，我不想去問他。我送他進劍橋並不只是為打網球。我知道他是意志堅強的，但故意把誘惑放在他的面前，總是蠢事。讓他獨自到蒙地卡羅去，實在年紀太輕了。」

「你說他絕不會得到機會和那些名手對打，這也難說呢。」

亨瑞・嘉納輕輕歎了口氣。剛才他在回家的路上，坐在車內的時候，也曾想過：奧斯汀的體力不大行，梵庫姆又剛好在度假。假使尼克再碰上一點好運氣，那還有什麼問題不成為劍橋的網球選手呢？自然這不過想著玩玩罷了，實在完全是些胡思亂想。

「算了吧，親愛的。我已決定不叫他去，不想改變了。」

嘉納太太就此不再說什麼。可是第二天她寫信把一切都告訴了尼克，並且向他建議，如果願意去的話，應該怎樣來取得父親的同意。一、二天之後，嘉納先生接到了兒子的來信，說他為那動人的消息興奮到極點，曾去見那本身也是球員，而且是大學院長的他的導師，湊巧他也認識布雷巴松上校，對於尼克在學期前幾天離開，並不反對，並且他們倆都認為這是一個不應錯過的機會，他自己也真看不出會有什麼害處。只要這一次父親肯遷就一點答應他的請求，那麼，下學期，他誠懇的許諾著，要更加用功讀書。這是一封寫得很好的信，嘉納太太望著他坐在早餐桌前讀信，對於他的皺眉，絲毫不受驚動。

「為什麼要把我私下告訴你的話去告訴給尼克？這太不應該了。你看，他的心完全被擾亂了。」

「噯呀，我是以為讓他知道布雷巴松上校那麼看重他，會使他高興的。真不明白為什麼一個人只能告訴別人一些關於他的壞話。當然，我是表示得很明白，認為他去是談不上的。」

「你使我的處境可糟透了。讓這孩子把我看作殺風景的人，或是專制的暴君，這是我最討厭的事。」

「他絕對不會那樣的。他也許會覺得你有點傻或是不近情理，但我敢說他知道你是為了他好，才這樣狠心做的。」

「天哪。」嘉納先生自言自語著。

他的妻子簡直想笑出來，她知道這一仗又是她打贏了。天哪！天哪！呵，要使男人上圈套是多麼容易呀！可是為了面子的關係，亨瑞・嘉納還是硬撐了四十八小時，然後才表示屈服。二星期後，尼克到倫敦，第二天早晨就要動身到蒙地卡羅去。吃過晚飯，嘉納太太和二個女兒走開之後，亨瑞・嘉納便趁機向他的兒子進著忠告。

「在你這種年齡，讓你一個人到蒙地卡羅那種地方去，我真有點不放心。」他接著又說，「不過事已如此，只希望你凡事謹慎。我並不願意作一個嚴厲的父親，不過有三件事，我要特別警告你千萬不要觸犯。第一是賭博；第二是錢財，不可借錢給人；第三是女人，不可和女人打任何交道。如果你能不犯這三件事，那就不會遇到多大禍害的。要好好記住呵！」

「是的，爸爸。」尼克微笑著說。

「這是我最後的囑咐，我對世故人情知道得多點，你要相信我的忠告是對你有益的。」

「我一定不忘記。」

「這才是個好孩子。現在我們上樓去找你媽媽她們吧。」

尼克在蒙地卡羅的網球賽中沒有打敗奧斯汀也沒有打敗梵庫姆。不過個人成績還算不丟臉，在一位西班牙選手身上得了一次意想不到的勝利，又和一位奧國選手打了個任何人都以為不可能的非常接近的成績。在雙打比賽中，他曾得到最後的決賽權。他的漂亮征服了每一個人，而他自己玩得大為開心。大家一致公認他很有希望，布雷巴松上校對他說，等他再長大一點，更多地和第一流名手練習一點，一定會成為他父親的光榮的。比賽結束，第二天他就要飛回倫敦去了。為了爭取成績，他一直謹慎地生活著，煙吸得很少，酒一點不喝，很早便上床去睡，但在這最後一晚，他想應該看看這聞名已久的蒙地卡羅的生活才是。這晚有一個招待各地選手的公宴，宴會散後，他便跟著別的人到了遊戲俱樂部。這是他第一次到這地方，只見到處是人，所有的房間都是擁擠的。尼克除了在電影上看過之外，從來沒有見過輪盤賭。他有點暈眩地在經過的第一張桌子旁邊站下來。各式的籌碼散佈在綠絨檯面上，莊家把輪盤用力一轉，又輕輕彈進一粒小白球。好像轉了很久的一段時間，球才停了下來。另外一個幫莊的帶著漠然無動於衷的表情，把輸了的賭注都耙了進去。

過了一會，尼克又蕩到一個在玩法國賭博的地方，看不大懂，覺得索然無味。看見另外一個房間裡有很多的人，他便也擠了進去，那是叫「巴卡拉」的一種大賭，他立刻便看出了其中令人興奮的地方。那些參加賭的人是在銅欄內和擁觀者隔離著。牌桌上一邊坐著九個人，分牌的人在中間，對面是莊家。輸贏很大，那分牌的人是希臘企業協會的一個會員，尼克對著他毫無表情的臉在端詳。那人的眼睛非常專心地注視著，但不管是輸是贏，那表情毫無變化。一向在節儉生活中長大的尼克，看見有人一翻牌輸去幾千鎊而竟置之一笑的表情，特別覺得富於刺激，一切都令人興奮得要命。一位熟人走到他身邊來。

「還好嗎？」那人問著。

「我沒有玩。」

「這是你的聰明，實在是無聊的把戲。還是來喝一杯吧。」

「好。」

在他們喝酒的時候，尼克告訴他那朋友說，這是他第一次走進這種地方。

「噢，那麼你在走開之前，應該小賭一下，要是不試試運氣就離開蒙地卡羅，那未免太傻瓜了。再說輸百把法郎對你也該不會有多大關係的。」

「關係是沒有關係，不過我父親本來是不大贊成我來的，他特別囑咐我不要做的三件事之一就是賭博。」

但是尼克離開他的朋友之後，竟又走回那輪盤賭的檯上，他在那裡站了一會，看見莊家把那些輸了的錢耙進去，又把贏家的錢賠出來。這實在不能不承認是一件最令人興奮的事。他的朋友說得對，要不放一點錢在檯上賭一次就離開蒙地卡羅，實在太傻瓜。這也算是一種經驗，在他這種年齡，正是應該遇有機會就找經驗的。回想起來他並未答應他父親不賭博。只是答應他不忘記他的忠告，這兩件事是絕不相同的，可不是嗎？他從口袋裡取出一張一百法郎的鈔票，很不好意思地把它放到十八的數目上。他選了這個數目，因為這是他的歲數。他帶著一顆猛跳的心，注視著那輪子的轉旋，那個小白球轉來轉去簡直就像個調皮小鬼精，輪子越轉越慢了，那小白球還在躊躇不定地晃來晃去，像要停住了，又忽然動起來；當它最後在十八的數目上停下來時，尼克簡直有點不敢相信自己的眼睛了。一大堆籌碼送到他的面前來，他去拿的時候手都發起抖來。那算起來似乎是一大筆錢，這太使他心慌意亂了，以致下一盤再去下注的事完全沒有想到，實在說他無意再賭一次，已經夠了；但十八又出來的時候，他卻不由得大吃一驚。那上面只放著一個籌碼。

「噯呀，你又贏啦！」站在他身旁的一個說。

「我？我沒有下注。」

「是你的，你下啦。是你那原注。你不要求取消，他們總是讓它下在那裡的。你不知道嗎？」

又一堆籌碼送到他的面前。尼克的頭暈眩起來。他算了算他贏進的數目：七千法郎。一種奇異力量的感覺到了他的身上；並且覺得自己了不起的聰明。這真是他一向見聞中最容易得錢的方法。他那天真漂亮的臉上滿是笑容了。他那快樂得發亮的眼睛忽然遇到一位站在他身旁的女人的視線，她在微笑著。

「你真好運氣。」她說。

她說英國話，但是帶一點外國腔。

「我簡直有點不能相信，這是我第一次玩。」

「這一看就知道的。借我一千法郎好嗎？我什麼都輸光了，半小時內我就還你。」

「好的。」

她從他那一疊籌碼中拿了一個紅色很大的，說了聲謝謝便不見了。剛才同他說話的那個男人代為不平地說：

「你再也得不回來的。」

尼克心內衝突起來。他父親曾經特別囑咐他不要借錢給任何人，現在做了一樁多傻的事！並且是借給一位從未見過面的陌生人。不過事實上他同時又覺著這種人類的同情在他的心內生出之後是很難拒絕不借的，再說把那個紅色大籌碼看得多麼值錢也覺有點不可能似的。算啦，沒有關係，他還有六千法郎，他要再試一、二次，如果不贏就走了。他放了一個籌碼在十六上，因為這是他大妹妹的歲數，但是沒有出；下一盤放在十二上，這是他小妹妹的歲數，也沒有出。他又隨便試了幾個數目，都沒贏。真有趣，他的妙訣好像竟不靈了。他想再各玩一次就打住不玩了，想不到又贏了，輸的都撈回還有餘。一小時之後，在無數次的輸贏之中，他經驗了平生所不知道的興奮，並且發覺自己有著那麼多的籌碼，口袋都快裝不下了。他決心走了。到了換錢的地方，當二萬法郎的鈔票擺在他的面前的時候，他的呼吸都緊張起來。他從來不曾有過這麼多的錢。他把錢放進口袋轉身要走的時候，那位他剛才借錢給她的女人走了過來。

「我到處在找你，」她說，「只怕你已走了。我真急壞了，不知你要把我想成什麼人。這是你那一千法郎，多謝你借錢給我。」

尼克的臉脹得飛紅，驚訝地望著她，他剛才怎樣錯想了人家呀！他的父親說過不可賭博，好，他賭了，得了二萬法郎；他父親說過不要借錢給人，好，他借了，借了一大筆錢給陌生人，而她還來了。事實證明他並不是像他父親所想的那樣一個傻瓜，他借錢給她的時候就覺得她很可靠，他的感覺果然沒錯。但是他那顯然的驚慌失措，使那嬌小的女人忍不住笑起來。

「你怎麼啦？」她問。

「實在告訴你，我沒想到這錢還會回來。」

「你把我想成什麼人了？以為我是一個騙子嗎？」

尼克的臉一直紅到頭髮根。

「沒有，當然不會。」

「我的樣子像騙子嗎？」

「一點也不像。」

她穿得很素淨，黑色衣服，戴著一串金球項鍊，式樣簡單的長衣把她那苗條身段整個顯露出來，一張小巧秀麗的臉，一個梳得很整齊的頭，擦著脂粉，但並不濃豔，尼克猜想她比自己也不過大三四歲，她對他很友善的微笑著。

「我丈夫是在摩洛哥政府裡做事，我到蒙地卡羅來有幾星期了，因為他要我出來散散心。」

「我是正要走。」尼克這樣說是因為再也想不出別的可說的話來。

「已經決定要走啦？」

「是的，我明天一早就得起來，要搭飛機回倫敦。」

「那當然啦。不過比賽今天才結束，可不是嗎？我看見你打球來，看過兩三次。」

「是嗎？為什麼你會注意到我？」

「你的姿勢美得很。還有，穿著運動衣的那樣子也真可愛。」

尼克並不是個荒唐少年，但他心裡這時不由得想著，也許她借錢就是為了和我熟識。

「你到過奈可包夜總會嗎？」她問。

「沒有，從來沒有去過。」

「呵，那麼你離開蒙地卡羅以前，一定要到那裡去一下。為什麼不去跳一會舞？實話對你說，我真餓得很，想吃點火腿蛋呢。」

尼克記起他父親囑咐他不要和女人打交道的話來，但這是不同的，你只要望那美麗的小婦人一眼，立刻就知道她是非常高尚的。她丈夫服務的機關大概是民政廳之類的地方。他父母有些朋友就是這種「人民的公僕」，他們常帶太太來吃晚飯。當然那些太太們不像這一位這樣的年輕貌美，但她卻像她們一樣的儀態高貴。他想在贏了二萬法郎之後去尋一點歡樂，這也不算什麼壞念頭。

「我很願意同你去，」他說，「只是不能玩太久，你不會見怪吧？我已經關照旅館要他們明早七點叫我的。」

「你願意多早離開就多早離開好了。」

尼克發覺奈可包夜總會很好玩。津津有味地吃著火腿蛋，兩人還喝了一瓶香檳酒。他們在跳舞，那小婦人說他跳得美極了。他知道自己跳得很好，但和她同舞也真容易帶，輕得像根羽毛。她的臉貼在他的臉上，他們的眼睛遇到的時候，她那眼裡的微笑使他的心撲通撲通地跳起來。一個黑女人用淫蕩的聲音在唱歌，舞池裡擠滿了人。

「有人對你說過你很好看嗎？」她問。

「我並不這樣想呢。」他笑了說。「哈，」他心裡想，「她愛上我了。」

尼克並不是傻瓜，知道女人總是喜歡他，所以當她這樣表示了之後，便把她摟得更緊了點。她閉起眼來輕輕地歎了口氣。

「要是我當著這些人吻你恐怕不大好吧？」他說。

「你想他們要把我看作什麼人呢？」

時間很晚了，尼克說他真的應該走了。

「我也要走了，」她說，「你順路把我帶到我的旅館好嗎？」

尼克付了帳，那數目真大得使他吃驚，不過有那麼多錢在口袋裡，他倒也能毫不在乎。他們坐進出租的汽車裡。她緊靠過去，他吻了她一下，她像是很高興。

「天哪，」他想，「真怕要發生什麼事情呢。」誠然她是結了婚的，但她的丈夫在摩洛哥，並且看那樣子她是的確愛上了自己；誠然他的父親忠告過他不可和女人打交道，可是，他又想起來了，他並不曾真正答應他父親不那樣做，只是說不忘記他的忠告就是了，並且他確乎沒有忘記，時時刻刻都記在心裡的。不過事情也不可一概而論。她是一個非常可愛的小婦人；如果失去一個送到面前的嘗試冒險的機會，那也未免太傻了。他們到了那旅館的時候，他把車資付了。

「我要走著回去，」他說，「剛離開那些地方，走著吸點新鮮空氣會舒服點。」

「上來坐一會吧，」她說，「我要讓你看看我那小孩的照片。」

「呵，你有個小孩？」他有點受到挫折地問。

「是的，是個很可愛的小男孩。」

他跟著她走上樓去。他一點也不想看那小孩的照片，但心想為了禮貌的關係，應該裝作想看的樣子。他很擔心自己做了個傻瓜，又想她帶他上去看照片，大概就是為了暗示他想錯了念頭，他告訴過她，他今年十八歲。

「她大概是覺得我不過是個孩子。」

他開始後悔不該在那夜總會內花那麼多錢喝香檳了。

可是上去之後，她並沒有叫他看她小兒子的照片。一到房內，她就轉過身來摟住他的脖子，吻著他的嘴唇。他從來沒有被人這樣熱烈地吻過。

「親愛的，」她說。

又剎那間記起了父親的忠告，但隨即又忘去。

尼克是一個睡覺很靈敏的人，一點聲音都會驚醒他。睡了兩三個鐘頭之後，他忽然醒了，一時間竟弄不清自己是在什麼地方。這房間並不全黑，通浴室的門開著一條縫，有光線射過來。突然他感到有人在房裡走動，於是他記起了一切。他看見那走動的人就是他那小女友，他正要說話的時候，那女人的有點異樣的舉動使他又住了口。她走得非常小心，好像唯恐驚醒他，並且還有一兩次停住腳步回頭望床。他很納悶不知她要去做什麼，可是不一會就明白了。她走到他放衣服的椅子旁又回頭向他這邊望了望。她停住不動了一會，那一會的工夫在他覺得好像是很長的一段時間，還有，靜得那麼厲害，他覺得連自己的心跳都聽得到。於是她很慢很輕地拿起他的衣服，伸手到裡面的口袋內，拿出了尼克那麼得意贏來的那許多美麗的一千法郎一張的鈔票，然後又把衣服放回原處，並且在上面又加上些別的衣服，使人看起來像不曾動過的樣子，又再一次動也不動地站了好大一會。尼克極力壓制著要起來抓住她的衝動，這一方面是驚訝把他嚇住了，一方面也是想到自己在外國的一個陌生旅館裡，如果吵鬧起來，誰知道會遇到什麼結果。她在望著他，他瞇著眼也在望她，但她是以為他睡著了。在這靜寂之中她可以聽到他那均勻的呼吸，她斷定不曾驚動了他之後，便用無限的小心走到房間的那一頭去，那窗前的小桌上放著一盆爪葉菊。尼克現在睜大了眼望著，那花原來竟是鬆鬆地種在盆裡的，她拿著花梗一提便提了出來；她把那些鈔票放進盆底，又把花放回去。這真是一個很好的收藏處。沒有人猜到那盆盛開的花下會藏著什麼東西的。她把盆內的泥土用手指壓了壓，然後慢慢地一點聲音也沒有地走回來，爬到床上。

「親愛的，」她用撫愛的聲音低語著。

尼克重重地呼吸著，像一個睡得很熟的人那樣，這位小女人也就翻身自己睡了。尼克雖然是靜靜地躺著，心裡卻在慌忙地胡思亂想，他對於剛才眼見的情景，覺得非常生氣，在心裡自言自語著。

「她原來不過是個賣淫婦。還說什麼她丈夫在摩洛哥，她有個小兒子，我真瞎了眼！原來她是一個賊，把我看成了傻子。可是她以為像這樣子就能把什麼弄到手逃走，那可錯了。」

他早已經打定主意，要用他那麼聰明贏來的錢做什麼的。他好久便想自己有輛汽車，並且覺得他父親不給他買一輛，未免太小氣了。總之，一個長大了的人是不願意老是坐家族公用的車子的，現在正好給老傢伙一個教訓，自己來買一輛。有這二萬法郎，差不多等於二百鎊，他可以買一輛很新的舊車。他一定要得回那錢來，只是不知用什麼方法才好。他不願引起糾紛，因為他是個陌生人，又在一個情況不明的旅館裡，很可能這混帳女人還有伙伴，雖然和人對打他是不怕的，但如果有人掏出手槍來對著他的話，那可就糟了。再者，冷靜地想想，也無法證明那錢是他的。如果鬧開來她發誓說那是她的錢的時候，那他很可能被捉到警察局去。他實在不知怎麼做好了。忽然聽到那女人的均勻呼吸聲，知道她睡著了，不用說她是把事情順利做完後，放心去睡去了。她那麼平靜地睡著而他卻這樣躺著在煩惱，這真使尼克有點怒不可遏，突然間計上心來。這一計策真是好極了，幸虧他的自制力強，當時不曾立刻跳下床去採取行動。她那把戲是兩人都可以玩的，她偷了他的錢，好吧，他可以再偷回來，彼此都不吃虧。他決心靜靜地等待著，等到確定那女人睡熟了的時候，他覺得好像等了很長的一段時間，她一動也沒動，呼吸均勻得像小孩子的呼吸一般。

「親愛的，」他終於輕輕喊了一聲。

沒有回答，沒有動靜，她睡得像死了一般。他於是動一動停一停地慢慢地悄悄地滑下床去，又站在那裡望了她一會，看是否驚動了她。她的呼吸還像頭先一樣均勻。在等的時間內，他望了望房內的家具，這樣，省得走動時碰到桌椅發出聲響。他走了幾步，停下來一會，然後又再走幾步，腳步很輕，一點聲音也沒有，整整花了五分鐘的時間才走到那窗下，在那裡又站著等了一會，床上輕輕地發出一點聲音，把他嚇了一大跳，但那不過是睡的人在翻身，他竭力忍耐著站在那裡數了一百的數目。她睡得像塊木頭似的一動也不動。他小心翼翼地一手從花盆裡提起了那爪葉菊，一手到花盆裡把那些鈔票慢慢地取出來，當他的手觸到那些鈔票的時候，心刻烈地在跳著。把花又放進盆內之後，這回是輪到他用手指壓了壓那泥土。他一面做這些事情一面不時回頭去望睡在床上的人。又停了一會，他輕輕地溜到放著衣服的椅子旁，先把鈔票放進口袋，然後去穿衣服，穿了有一刻鐘之久，因為他要不弄出一點聲音來。好在晚宴服裝裡面穿的是一件軟襯衫，這真使他慶幸不已，這比穿一件硬襯衫是容易不弄出聲來的。只是沒有鏡子打領結真不好辦，但他忽然想起就是打得不好也沒有關係。這時他的心情變成非常愉快，覺得這整個事情簡直像一場有趣的遊戲。終於完全穿戴好了，只有鞋子還沒穿，他提在手裡，打算到過道上的時候才穿。現在他要穿過房間到房門口去了。他輕輕地走到那裡，輕到絕不會驚動任何睡覺靈敏的人。但門總要去打開的；他慢慢轉動著那鑰匙，到底還是響了一聲。

「誰?」

那小女人一下子從床上坐起來。尼克的心像跳到口裡似的，但他竭力鎮靜著。

「是我。六點鐘了，我要走了。我想不吵醒你的。」

「呵，我忘記了。」

她又倒到枕頭上了。

「現在你既然醒了，那麼我就把鞋子穿上好了。」

他坐在床邊上穿鞋子。

「你走出去的時候可別弄出聲來，旅館裡的人要不高興的。呵，我真睏死了!」

「你再睡吧。」

「你走之前再吻吻我吧，」他俯下身去吻了她。

「你真是個可愛的孩子和好極了的情人，再見。」

尼克直到走出了那旅館，才算完全放了心。天已經破曉了，天空晴朗無雲，港灣裡有些遊艇和漁船停在平靜的水面上，埠頭上已聚著一些漁人準備開始一天的工作，街道上靜悄悄的寂寞無人，尼克深深地呼吸了一口早晨的新鮮空氣，覺得活潑而又舒適，同時非常得意。他大搖大擺挺胸昂頭地走上山去，順著俱樂部前花園的路，一直走回旅館。在這絕早的清晨，那園子裡的花朵帶著燦爛的露水，開得可愛極了。在那旅館裡一天已經開始，大廳裡的僕役正圍著脖子包著頭在那裡忙碌地作打掃的工作。尼克走到自己的房間洗了個熱水澡，他躺在浴池裡的時候，很得意地想著自己到底不是一般人所想的那種傻瓜。洗完了澡便作健身操，穿衣服，收拾行李，然後下樓去吃早飯。他胃口很好，從不節制早餐，吃了葡萄柚粥，點火腿蛋和又香又酥入口即化的剛出爐的麵包，還有果糕和三杯咖啡。雖然早就覺得非常舒適的，但吃完早餐是更加舒適了。他燃起了最近才學著吸的煙斗，付了帳，走進候在那裡要送他到飛機場去的汽車。尼斯城的路都是上面是山，下面是蔚藍的海水和彎曲的海岸線，使他不由得想著這地方真是美極了。在大清早上這麼暢快地駛出城去，最後到了一條沿著海岸的筆直大道上。尼克已經付清了帳，但用的並不是他昨晚贏來的錢，而是他父親給他的。那贏的錢只換開過一張一千法郎的去付奈可包夜總會的餐費，但那小騙子女人曾還給他一千，因此他仍然有著兩萬法郎的鈔票在口袋裡。他忽然想起，拿出來看看也不錯，幾乎失去的東西是倍覺可貴的。他剛才換旅行服裝的時候，為安全起見曾把它們塞進褲子後面的口袋裡，現在便從那裡掏出來一張一張地數著。很奇怪的不對頭了，不是二十張竟是二十六張。他完全弄不清楚是怎麼回事了。他把它們一連數了兩遍，一點也沒錯，那是二十六張而不是二十張，他簡直想不明白了，心想也許在遊戲俱樂部所贏的錢不止他計算的那數目，但是不會，絕對不可能，他清清楚楚記得那兌換籌碼的人，把五張鈔票放作一排，一共是四排，並且他自己也數過一遍的。最後解答忽然到了他的心中，記得他提起那爪葉菊，伸手到花盆裡面的時候，是把所有的東西都抓了出來，那花盆既然是那小女人的錢櫃，那麼他抓出來的一定不止他的錢，而是把那女人的錢也一起抓出來了。尼克靠在車座上不禁大笑起來，這真是平生未曾聽見過的趣事。想到她早晨醒來，去看她那麼聰明偷到的錢時，發覺不但那錢不見了，連她自己的也沒有了，他更笑得厲害了。再說這事他是無法可想的，因為既不知道她的名字，也不知道她帶他去的是什麼旅館，即使想退還她的錢也做不到。

「這對她也算活該。」他說。

這就是亨瑞‧嘉納在橋牌桌上告訴他朋友的故事，因為昨天晚上，吃過晚飯，他的妻子和女兒離開之後，尼克一五一十地這樣說給他聽的。

「你們知道，使我生氣的地方是他那麼得意洋洋，就像一隻貓剛吃了一隻黃雀。猜他講完了之後，對我說什麼？他用他那天真無邪的眼睛望著我說：『爸爸，我忍不住要想你給我的忠告一定有什麼不大對的地方。你說不要賭博，好，我賭了，贏了一口袋鈔票；你說不要借錢給人，好，我借了，也收回來了；你說不要和女人打交道，好，我做了，得了六千法郎。』」

這番話對於亨瑞‧嘉納並無好處，他那三位牌友竟哄然大笑起來。

「好，你們笑吧，不過你們要知道我的處境尷尬極了。那孩子本來是崇拜我，敬重我，把我說的話當作不朽的真理來信奉的，但是現在呢，從他的眼裡可以看出來，他把我看作不過是個說癡話的老傻瓜了。儘管我說不要看見一隻燕子就以為是夏天到來也沒用了，因為他總不承認這僅是僥倖，而竟把整個事情歸之於自己的聰明，這會毀了他的。」

「老傢伙，你的確有點像個大傻瓜呢。」那三人中的一個人說，「無可否認了，是不是？」

「我承認是，但我真不高興。這太不公平了，命運不該對人這樣惡作劇的。總之，你們該承認我那忠告是對的。」

「對得很。」

「這個壞孩子應該叫他玩火燒手的，他竟沒有。你們三位都是見過大世面的人，請問我在目前的處境中應該怎麼辦。」

但是他們之中，沒有一個人能告訴他。

「喂，亨瑞，如果我是你，我總不煩惱，」那位律師說，「我認為你的兒子是生來幸運，這比生而聰敏或生而富有，結局還要好的。」

冬季旅行

｜毛姆小說選集｜

在「韋伯號」輪船到達海地之前，船長還不知道瑞德小姐是誰。她是在普利茅斯上船的，那裡上來的乘客很多，有的還是老主顧，因此她的餐位沒有排在船長的桌上，而是和總工程師一同用膳。「韋伯號」是艘貨船，通常沿哥倫比亞海岸，往來於漢堡和迦太基之間，順路也到西印度群島繞一繞。總是從德國裝亞燐酸水泥出去，換咖啡木材回來，遇有其他生意可做的時候，船主也很願意打破固定航程，到另外的地方去。這船有時也運牲口、馬鈴薯以及其他任何可以正當謀利的貨物，並且同時搭乘旅客。甲板上層和下層各有六個房艙，設備不算講究，但伙食很好，簡單而豐富，收費又低廉，乘這艘船周遊一次的時間是九個星期，瑞德小姐預計所需費用不會超出四十五鎊，而她不但可以看到很多有趣的地方和名勝古蹟，同時也可以得到許多充實心靈的見聞。

船上的帳房曾告訴她說：到海地的時候，她要和另一女客合住一艙。瑞德小姐對這並不介意，因為她是喜歡伴侶的，並且當茶房說起那位女客是布林太太時，她立刻想到這倒正是練習說法文的好機會；後來發現這位布林太太原來是位黑人時，她感到一點輕微失望；可是接著又想一個人應該逆來順受，世界本是由各種各樣人物組成的。瑞德小姐是位很好的航海家，因為她的祖父曾做過海軍軍官，所以她不暈船也就不稀奇了。頭幾天天氣很壞，天晴之後不久，她便和所有乘客混得很熟了。她是個最容易和人混熟的人，這也正是她在事業上成功的原因之一。她在英國西部名勝區開了一家茶室，每一個顧客進來，她都是笑臉相迎，並且有一套愉快談話。每逢冬季茶室歇業之後，她便出來做一次旅行，這樣已經有四年了。她常說旅行可以遇到些有趣人物，得到些寶貴智識。實在說，這「韋伯號」上的乘客是遠不如她去年在地中海航程中所遇到的那些人。但瑞德小姐不是勢利的人，雖然他們有的在飯桌上的禮貌，有點使她看不慣，她還是盡量對事物的光明面去看，把他們往好處去想。她是個廣泛的讀書家，當她看見船上的圖書室內，有很多文學名著時，非常高興，但是有那麼多人交談，實在沒有多少時間可以讀書了，於是她便決定等船到海地，客人都散去時再來讀。

「再說，」她想，「人性是比文學更重要的。」

瑞德小姐一向是出名的健談家，現在，在海上這麼多天以後，她沒有使飯桌上的談話中斷過一次，自己很覺得意。她懂得怎樣引人開口，當一個話題到了尾聲時，她會設法使它又活躍起來，或是趕快想出另外的話題接上去。她的朋友，住在普利茅斯，曾送她上船的牧師的女兒卜萊斯小姐常常對她說：

「凡妮泰，你的心胸簡直像男人的一樣，永遠不會沒有話說。」

「我認為，如果你對每一個人都發生興趣，每一個人也都會對你發生興趣的。」瑞德小姐謙虛地回答：「成功是從練習得來的，我不過是富於狄更斯稱作天才的那種耐性罷了。」

瑞德小姐的真名字是阿麗斯，並不是凡妮泰，不過她不喜歡那名字，當她幼小時，她便給自己又取了這富有詩意的凡妮泰，她認為這比較適合她的性格。

瑞德小姐和同船的人作過無數次愉快交談，當船到了海地，他們都下船了，她非常覺得悵惘，船在那裡停了兩天，這中間她到城裡和附近地方參觀了一下。船又開行的時候，她成了那上面唯一的乘客了。這船還要沿著海地到其他碼頭去裝卸貨物。

「瑞德小姐，希望你不會因為獨自在我們這些男人之中，感到孤寂無聊才好。」船長坐下來吃中飯的時候，誠懇地這樣說著。

她坐在他的右手，同桌的還有大副、總工程師和一位醫生。

「船長，我是出門慣了的人，我常想如果是一個高貴的女人，就像一個高貴的女人；高貴的男人也自然會像高貴的男人。」

「不過，小姐，我們都是些粗魯的水手，你可別把我們想像得過於好了。」

「好心重於花冠，誠意勝於血統的。」瑞德小姐引經據典地回答著。

他是一位矮胖的人，有一張剃得光亮的紅面孔，穿著一件白制服，除了吃飯的時候以外，領口的扣子總是打開來露著長滿毛的胸膛。他性情愉快，說話有點氣喘，瑞德小姐覺得這人有點奇怪，但她是富於幽默感的，決定要對他施展一下交際的本領，在任何的談話中，總爭取著主動的地位。她在出發旅行之前，便對海地知道得很多，這兩天的遊覽更使她認識了不少。但她曉得男人都是喜歡講而不喜歡聽的。於是，她便把自己知道答案的一些問題，故意提出來向他們請教。很奇怪，他們竟一無所知，結果她認為應該給他們一點講解，便把許多關於那國家的歷史、現狀、經濟情形和未來發展等等知識，向他們灌輸著。她說得很慢，語調很優美，詞彙很豐富。

晚上，他們停泊在一個小港口，因為要在那裡裝三百袋咖啡，那經紀人到船上來了。船長要他在船上吃晚飯，並且吩咐拿雞尾酒來，當茶房端了雞尾酒進來的時候，瑞德小姐也遊蕩進客廳裡來了。她的舉止是從容不迫，堅定自信的。她常說一個女人的身分高貴不高貴，只要看她走路的樣子，立刻便會知道的。船長把那經紀人向她介紹著，她坐下來了。

「你們在喝什麼？」她問。

「雞尾酒，瑞德小姐，您要喝一杯嗎？」

「喝點也沒有關係。」

她把一杯喝完了之後，那船長遲疑地問著再來一杯嗎？

「再來一杯嗎？好吧，我就陪陪你們。」

那經紀人是海地以前駐德公使的兒子，曾在柏林住過很多年，能說一口流利的德國話，就是為了這個，他才得到這和德國船做生意的好差事。瑞德小姐抓住了這點，在吃晚飯的時候，便對他們大談她曾經做過萊茵河的旅行。飯後，她和那經紀人、船長、醫生、大副圍著桌子喝啤酒，她以引那經紀人談話為己任，知道他們是在裝運咖啡，便想起他對於錫蘭茶葉的種種一定也感興趣，她曾到錫蘭旅行過一次。還有，他的父親是位外交家，那麼，他對於英國世家一定也有興趣，就這樣大談特談，她過了很愉快的一晚。她是從來想不到說要去睡覺的，當她最後走開去休息時，自己喃喃地說著：

「旅行的確是很好的一種教育。」

她單獨一個女人，混在一群男人中間，這確乎是從未有過的經驗。等她回到家中講給別人聽的時候，他們不知將怎樣大笑不止，他們一定會說這種事只有凡妮泰才會有。

船長用他那粗喉嚨在甲板上唱歌，她聽見了不由得微笑著想：德國人是多麼富於愛好音樂的天性。他很滑稽地在擺動著兩條短腿走上走下地用華格納的曲調唱著自己編的歌。那是講黃昏怎樣可愛的一支歌。但不懂德文的瑞德小姐，很納悶不知他在唱什麼，只覺得很好聽。

「呵，這個女人是多麼令人討厭呵！如果她繼續這樣討厭下去，我真要把她殺死了。」於是他換成戰歌的調子唱道：「她是個厭物，她是個厭物，她是個厭物，我要把她投下海去！」

瑞德小姐的確是令人討厭，她喋喋不休，愚蠢庸俗，真可說是個厭物。她談起話來，那麼單調冗長，想打斷都不能，因為她會又從頭說起。她什麼事都要打聽，飯桌上沒有一件事能避開她那追根究柢的發問。她又是個作夢大家，說起夢來，使人忍受不了的這麼長。沒有一個話題她沒有一番大道理發揮。任何場合她都有一套陳腐言論：她對他們灌輸那些平凡的常識，就像用錘子向牆上敲釘子那麼叫人難受。她賣弄那些顯而易見的噱頭，就像馬戲團中的小丑跳火圈那樣裝腔作勢。別人都默不作聲了，也不能使她覺悟。這些船上工作的人都是背鄉離井別妻拋子的可憐人。在這聖誕節將到的時候，不用說，心情都很憂鬱，因此，她就加倍努力去逗他們高興，使他們快樂。她決心要給這小團體一點歡樂氣氛。最糟的是她的討厭完全是出自好意，她不但自己要玩得愉快，同時也想使人過得愉快，她以為他們喜歡她，像她喜歡他們一樣，她認為自己應該負起使這團體生活美滿的責任，想起自己確乎曾做到了這點，感到無上的得意。她告訴他們，她的朋友卜萊斯小姐怎樣常常對她說：「凡妮泰，和你在一起，誰也不會有一刻的煩惱。」在業務的責任上，船長對於旅客必須要有禮貌，儘管他想告訴她少說點話，但總無法開口，就算可以說，他也不願當面叫別人難堪。因此簡直沒有什麼方法可以阻止她的饒舌，這簡直像一齣天意安排的鬧劇，那樣令人難受。有一天，他們實在受不了了，便用德文交談著；但她立刻阻止他們說：

「我不答應你們說我不懂的話，你們大家應該利用和我在一起的機會，盡量練習英文。」

「瑞德小姐，我們是在談技術問題，恐怕你聽了會覺得討厭。」

「我不會討厭的。不是我自誇，這也正是我永遠不使人討厭的地方。你知道，我最喜歡學習，對什麼都感興趣。再說，誰知道什麼知識不會有用處呢？」

醫生冷冷地笑著說：

「船長剛才的話，不過是種掩飾，實在，他是在講一個不大適於小姐們聽的故事。」

「也許可以這麼說，我是位小姐，但我是見過世面的女人，我不會把水手們當作聖人的，你們用不著擔心什麼話不應在我面前說，船長，我絕不會嚇暈過去的，讓我聽聽你們的故事好嗎？」

醫生是個生著稀疏的灰頭髮、灰鬍鬚、明亮的藍眼睛的六十歲的人，他生性沉默嚴厲，無論瑞德小姐怎樣用盡心機逗他加入談話，總難得使他開口，但她是個不達目的絕不甘心的女人，有一天，她看見他拿著一本書在甲板上，她便把凳子搬到他的身邊坐下來。

「大夫，你很喜歡看書呀？」她眉開眼笑地問。

「是的。」

「我也愛看書。想你一定像所有的法國人一樣，也愛音樂吧？」

「我愛好音樂。」

「我也愛好音樂，我第一次看見你，便知道你是絕頂聰明的。」

他望了她一眼，便繼續去看他的書了。但瑞德小姐並不介意，仍接著說下去：

「不過一個人不能總是看書，我常常是寧願作一次暢談，你不是這樣嗎？」

「不是。」

「真奇怪，為什麼呢？講給我聽聽好嗎？」

「沒有什麼理由可講。」

「這奇怪得很，是不是？我常想人類的天性是很奇怪的。你知道，我是對人最感到興趣的，尤其喜歡醫生。因為他們對於人性知道那麼多。不過我能告訴你一些事，就是做醫生的你，恐怕也會吃驚的。你如果像我似的開一個茶室，你會對人更了解些，就是說，如果肯去注意觀察的話。」

醫生站起身來了。

「瑞德小姐，請你原諒，我要去看一個病人。」

「這次我總算把這塊冰敲開了。」他走了之後，她這樣想著，「我看他不講話，完全是害羞的緣故。」

過了一兩天之後，醫生身體有點不大舒服，因為他有一種多年的舊病，時常發作，可是已經習慣了，他從不願向人談起。他的艙房又小又悶，便搬了張躺椅到甲板上，閉著眼睛躺在那裡休息。這時瑞德小姐正在做她那每天早晚兩次的半小時的運動，他想如果假裝在睡覺，她大概就不來麻煩了。誰知她在他面前來回走了五六次之後，忽然對著他站住了。儘管他閉著眼，也感覺出她在望著他。

「大夫，有什麼事要我幫忙嗎？」她說。

他吃了一驚。

「呵，你怎麼了？」她又說。

他望了她一眼，看見她眼中的神情是那麼驚訝。

「你好像病得很厲害似的。」她說。

「我難過得很。」

「是的，我一看就看出來。有什麼法子可想嗎？」

「不要緊，就會好的。」

她遲疑了一下走開了，可是立刻又回來了。

「你椅子上也沒有墊子什麼的，太不舒服了。我出門總是帶著自己的枕頭，來讓我給你墊上。」

這時，他難過到連拒絕也懶得拒絕了。她輕輕地扶起他的頭來，把那柔軟的枕頭放下去。這的確使他覺得舒服了點，她又用手在額頭上摸了摸。

「可憐的人，」她說：「我知道做醫生的人是怎樣的，他們從不想到先保重自己的身體。」

她離開了他，但是過了一兩分鐘，帶著一張凳子一個袋子又回來了。醫生望見她時，痛苦地皺了皺眉。

「現在我不要同你談話，我只坐在你身邊織毛線。我常想一個人不舒服的時候，有個人在旁邊陪著，會覺得好過點。」

她坐下來從袋子裡取出一條未織完的圍巾，開始忙碌地織起來，她沒有說一句話。奇怪得很，醫生竟真的覺得有人陪伴著好過了點。這船上沒有一個人注意到他生病，這使他有點淒涼之感，她雖然是個多嘴多舌的厭物，這種關切也是很可感謝的。望著她靜靜地織毛線，不一會便睡著了。醒來的時候，看見她還在那裡織著，對她微笑了一下，但沒有說話，他剛才的一陣痛楚已經過去，覺得好多了。這天直到傍晚，他才到客廳裡去，看見船長和大副正在那裡喝啤酒。

「大夫，請坐。」船長說：「我們正在這裡討論一個戰略，你知道，後天就是除夕了。」

「可不是。」

除夕對於德國人是個很重要的日子，他們大家早就在期待著。船上還特別從德國帶來了一棵聖誕樹。

「今天吃飯的時候，瑞德小姐的話更多了，我們認為應該想個辦法才好。」

「今天早晨，她倒安安靜靜地陪我坐了兩個鐘頭。我想她的多話完全由於無聊。」

「在這種過年過節的時候，一個人出門在外，可說夠不幸的了。不幸之中，只有竭力尋找些快樂。所以，我們一定要痛痛快快地過個除夕，可是如果不設法對付這位瑞德小姐一下，我們就別想過得痛快。」

「有她在一起，我們絕不能玩得痛快的。」大副說：「她一定會把我們的節日破壞，是毫無問題的。」

「怎麼能躲開她呢？又不能把她丟下海去。」醫生微笑著說：「實在說，她也不是個壞人，唯一的原因，就是她需要個愛人。」

「在她這種年齡？」大副驚喊著。

「特別她這種年齡才需要。她那種不正常的多話，那些多餘的忠告，那些無聊的發問，那種庸俗可厭，那種嘮嘮叨叨……這一切都是老處女煩躁的現象。有個愛人就會使她安靜下來。使她緊張的神經鬆弛下來，那怕只有一小時，她也總算真正生活過了。她所渴望的滿足得到了後，我們也就能得到清靜了。」

醫生的說話，一向使人難以斷定那是老實話還是玩笑話，但不管怎樣，那船長的藍眼睛，卻惡作劇地閃耀起來。

「大夫，我非常相信你的診斷，你開的藥方大可一試。你是個獨身漢，最適於擔當這任務。」

「對不起，船長，我的責任是給船上的病人看病開藥方，不是親身服侍他們的。再說，我的年紀已經六十歲了。」

「我呢，是兒女成群的結了婚的人，」船長說，「既老又胖，還有氣喘病，很明顯，我是不能勝任這種工作的。再說，我這人本質就是做丈夫做父親的，不是適於做情人的。」

「做這種事，要年輕漂亮才行。」醫生喃喃地。

船長忽然用拳頭擊了一下桌子說：

「我知道，你是想到大副了。對的，大副你一定要擔任。」

「我？絕對不行。」

「大副，你個子高大，面孔漂亮，健壯勇敢而又年輕。我們還要在海上過二十三天才能到漢堡，你總不能看著你的忠厚年老的船長，和你的好朋友醫生在受罪不管。」

「不行，船長，你對我要求得太過分了。我結婚還不到一年，並且很愛我的妻子，我幾乎無時不在想她，她也在想我，我不能對她不忠實，特別是同瑞德小姐那樣的人。」

「瑞德小姐並不怎樣壞呀！」醫生說。

「有些人甚至會說她很好看呢。」船長說。

的確，分析地看起來，她不能算是難看的。她有張愚蠢的長臉，這是不錯的，但她的棕色眼睛很大，有著濃厚的睫毛，棕色的頭髮剪得短短的，鬈曲地披在頸後很好看，皮膚也不壞，不胖不瘦，也不算老，如果她對你說四十歲，你準相信。她唯一的缺點，就是庸俗愚蠢。

「難道我一定要為這可怕的女人，再受二十三天的罪嗎？一定要再回答她二十三天無聊的發問，再聽她二十三天平凡的議論嗎？一定要把我期待了好久的除夕歡樂，讓這令人難受的老處女來破壞嗎？這一切都是為了沒有一個人肯同情一位寂寞的女人，向她獻一點殷勤。我真想把這隻船弄沉它！」

「那個電報員怎樣？」大副忽然想起來提議著。

船長高興得大叫起來。

「大副，讓所有的聖女出來為你祝福吧！茶房，」他氣喘喘地說，「告訴電報員說我叫他。」

電報員走進客廳來，英俊地行了個立正禮。他驚疑地想著：不知什麼事做錯了要受譴責。他身材中等，寬肩膀，瘦個子，那褐色光滑的皮膚，好像從未經過剃刀刮剃，兩隻大大的藍眼睛，一頭鬈曲的黃頭髮。他是個標準的年輕男子，那麼健康，那麼光彩，又那麼生氣勃勃，雖然是遠遠地站在那裡，你也會感到他的神采逼人。

「阿爾安，好極了。」船長：「毫無疑義地可以勝任。孩子，你今年多大了？」

「船長，二十一歲。」

「結婚了沒有？」

「船長，沒有。」

「訂婚了嗎？」

那電報員嘿嘿地笑著，笑聲中充分表示著年輕人將要訂婚的得意，一面笑一面答著：

「船長，沒有。」

「你知道我們船上有位女客嗎？」

「知道，船長。」

「你和她熟嗎？」

「在甲板上碰見的時候招呼過。」

船長擺出了十足的上司態度，那平時總是含笑的眼睛忽然嚴肅起來，用他那精力充沛的聲音，開始作簡短的訓話：

「我們這艘船雖說是貨船，裝了不少值錢貨物，但有旅客時，我們也搭乘旅客，這是公司很急於發展的一筆額外生意。我的任務是盡量增進旅客的舒適和愉快。現在瑞德小姐需要一個情人，醫生和我商量的結果，你最適於去滿足她這需要。」

「船長，我？」

電報員的臉紅了起來，並且忍不住吃吃地笑著，但是望到前面那三位上司，又立刻抑制住了。

「她的年齡大到可以做我的母親哪。」

「對於你這種年紀的人，那是無關緊要的。她出身很高貴，和很多英國世家有關，如果是德國人的話，她至少會成為一位公爵夫人。你被派去擔任這職務，是應該感謝的一種光榮，再說，你的英文最近一點沒有進步，這正是練習英文會話的好機會。」

「這倒是值得考慮的一點。」那電報員說，「我知道，我很需要練習。」

「快樂和進步合而為一的事，在人生中是很難遇到的，你應該慶幸這好運氣。」

「船長，能允許我問一個問題嗎？瑞德小姐為什麼要一個情人呢？」

「這像是英國的一種風俗，上流社會的老小姐，在一年之中的這時候，是可以任意找情人的。我們公司很關心的，就是要讓瑞德小姐能受到像在英國船上一樣的適當招待，因為我們相信如果她覺得滿意了，以她那高貴的社會地位，一定會勸說她的許多朋友來搭我們的船，到這航線上旅行。」

「船長，必須要請你原諒才好。」

「我對你說的命令，不是請求。今晚十一點半你一定要去見瑞德小姐，到她艙房裡去。」

「我到了那裡，又將怎樣做呢？」

「怎樣做？」船長大發雷霆地說，「怎麼做？自自然然地做。」

他揮了一下手叫他退去，那電報員立正行禮，轉身走出去了。

「現在我們再喝一杯啤酒吧。」船長愉快地說。

那天吃晚飯的時候，瑞德小姐特別興致好。她喋喋不休，大開玩笑，矯揉做作，一次也不放過發表議論的機會，一次也不能忍住不表現她的常識，她不停地用無聊的發問，向他們進攻著。那船長忍住憤怒，臉紅了又紅，他覺得如果醫生的藥方不靈的話，他將再不能繼續對她保持禮貌了。有一天他會把心裡的悶氣，全部向她發洩出來。

「也許我會丟掉我的職位。」他想，「就算那樣也值得。」

第二天，她來吃飯的時候，他們已經坐下了。

「明天是除夕了。」她興高采烈地說，這正是她慣談的話題。她接著又說：

「今天早晨，你們大家做什麼來著？」

他們每天都是做同樣的工作，她很清楚那是些什麼事，還要來問，實在令人生氣。船長感到沮喪極了，忍不住向醫生說著他心裡的感覺。

「呵，請不要說德文，」瑞德小姐撒嬌地說，「這我不答應，船長，你為什麼對醫生做出那麼難看的臉色？現在是聖誕節的時候，要對所有的人和藹點才對。想到明天晚上，我真興奮極了。聖誕樹上有蠟燭嗎？」

「當然有。」

「這太叫人高興了！我常說聖誕樹要是沒有蠟燭，那簡直不能成為聖誕樹。噢，對了，你們知道嗎？昨天晚上，我遇到了一件好笑極了的事，我簡直不能了解是怎麼回事。」

一陣驚訝的沉默。大家都呆呆地望著她，頭一次他們在等著她開口。

「就是，」她用那一向慣用的單調冗長的敘述法說下去，「昨天晚上，我正要上床時，聽見敲門的聲音，我就問『是誰？』外面回答說：『是我，電報員。』

我說：『什麼事？』他說：『我能進來對您說嗎？』」大家都聚精會神地聽著：「『好，等我披上一件衣服來開門。』我說著就披上一件晨衣去開門。那電報員說：『小姐，對不起，你要發電報嗎？』在這時候他跑來問我要不要發電報，真是好笑！我便望著他的臉笑著，這要是有點幽默的人就會了解我的意思的，但我不願使他難堪，於是我就說，『多謝你，我不要發電報。』他站在那裡，樣子很滑稽，好像不知怎樣才好似的，於是我就說，『謝謝你來問我。』接著說了聲『祝你晚安。』便把門關了。」

「這個該死的傢伙！」船長喊著說。

「瑞德小姐，你要原諒他年輕不懂事。」醫生插口說，「這是殷勤過了分，大概他以為你也許要給朋友們賀年，想使你得到優先發電權。」

「呵，我一點也不在意。我很喜歡這種在旅途中偶然遇到的小伙子，我只是從他那裡得到一陣大笑。」

吃完了飯，瑞德小姐一走開，船長便把電報員找來了。

「你這個傻瓜，昨天晚上，誰叫你去問瑞德小姐要不要發電報？」

「船長，您叫我自自然然地去做。我是個電報員，我想，去問她要不要發電報是最自然的，我想不出另外還有什麼可說。」

「天呀，」船長喊著，「齊格飛看見布倫希爾德躺在岩石上哭喊著：『沒有人嗎？』（船長把這句話唱著說，覺得太好聽了，反覆唱了兩三遍。）醒來的時候，難道他是問她，要不要打電報給她父親，說她已經醒來嗎？」

「請原諒我，您要知那布倫希爾德是齊格飛的姑母，而瑞德小姐對我是完全陌生的人。」

「他那時並沒有想到她是他的姑母，只知道她是個出身高貴美麗無依的女人，所以他就像一般高貴的男子應該做的那樣做了。阿爾安，你年輕漂亮，現在德國人的榮譽，都在你手裡呀！」

「好吧，先生，我一定盡力去做就是了。」

那天晚上，瑞德小姐的房門上又有了敲門的聲音。

「誰?」

「電報員。這裡有打給您的一封電報,小姐。」

「給我的?」她非常驚訝,但立刻又想一定是在海地上岸的同船者給她的賀年電。「人心多麼好!」她這樣想著便對那電報員說,「我上床了,請放在門口吧。」

「是要回電的,已經預付了十個字的電報費。」

那麼,這不會是賀年電了,她的心忽然停止了跳動。另外只有一件事是可能的,也許是她的店鋪遭到火災了吧?她立刻跳下床來。

「請從門縫裡塞進來吧,我寫好了回電就再給你遞出去。」

那封電報從門縫裡塞進來,落在地毯上,那樣子真像充滿了凶兆。瑞德小姐趕緊拾起來看著,那上面的字在她面前閃晃不定,趕快找出老花眼鏡來戴上,急急地去讀著:

「祝您新年快樂,希望您對任何人都好心腸。您真美麗,我有話對您說——電報員上。」

瑞德小姐把它念了兩遍。於是慢慢地摘下眼鏡來，把它收藏到書架上，然後打開門來說：

「請進來。」

第二天是除夕，船上的人員坐下來吃午飯的時候，大家的情緒歡樂之中又多少帶點傷感。僕役用熱帶蔓草代替寄生草把客廳裝飾著，那聖誕樹放在桌上，插滿預備晚上才點燃的蠟燭。所有的人都就座了之後，瑞德小姐才進來。他們很驚奇地望著她，向她說早安的時候，她只點了點頭，沒有開口。她吃飯吃得很香，但沒有說一句話，她的緘默令人感到不可思議，船長終於忍不住地說：

「瑞德小姐，你今天很沉默呀！」

「我在想事情。」她一本正經地說。

「能說給我們聽聽嗎，瑞德小姐？」醫生開玩笑地說，她冷冷地甚至有點傲慢地望了他一眼。

「大夫，我只願自己想想，清靜一會，再者，我胃口很好，只想吃東西。」

他們在很可感謝的清靜中吃了一頓飯，船長歎了輕鬆的一口氣。本來用餐時間是為了吃飯而不是為了饒舌的，這才像個樣子。大家吃完飯散去之後，船長走到醫生那裡抓著他說：

「大夫，見效了！」

「是的，完全成了另外一個人。」

「可會一直這樣嗎？」

「一個人只能向好處希望的。」

晚上為慶祝除夕，瑞德小姐換上一件胸口飾著玫瑰花的黑色禮服。這晚，船上所有的職員都在客廳裡用餐，穿著白制服，樣子都顯得很英俊。公司特別準備了香檳酒，他們放爆竹，開留聲機，同時大家一齊跟著唱。船長唱得特別大聲，瑞德小姐也用很悅耳的女低音合唱著。醫生看見她的眼睛不時去望那電報員，並且那眼光是充滿了迷亂的表情，便故意問她說：

「他很漂亮，您說是不是？」

瑞德小姐回頭冷冷地望了他一眼說：「誰？」

「那電報員，我以為你在看他呢。」

「哪一個他？」

「這假癡假呆的女人！」醫生心裡這樣想著，卻微笑著回答說：「那坐在工程師旁邊的。」

「呵，對啦，我認得他。不過，你知道，我從來不把一個人長得怎樣當作一回事，我對一個人的內心比他的外表看重得多。」

「噢。」醫生說。

他們大家，連瑞德小姐在內，都玩累了，但她卻保持著一向的尊嚴，對他們說再見的時候，非常有禮貌地說：

「我過了非常快樂的一個晚上，我將永不忘記這在一艘德國船上過的除夕，真是第一次這麼快樂。」

第二天，大家都疲乏不堪。船長、大副、醫生和工程師進來吃飯的時候，看見瑞德小姐已經坐在那裡了，而他們每個人的位子上都有一個紅絲帶綑紮的小包，上面寫著：「敬祝新年快樂」。他們都疑訝地望著瑞德小姐。

「你們都對我這麼好，因此，我要送每位一點禮物，這在太子港匆忙中買的，你們可別期望得太高。」

給船長的是一小樹根做成的煙斗；醫生是半打手帕；大副是一個煙盒；工程師是兩條領帶。吃完飯，瑞德小姐回到艙房去休息了。他們不安地彼此相望著，大副把玩著那煙盒，終於先開口說：

「我真有點慚愧。」

船長默默不語，顯然也在不安，停了一會說：

「我們對瑞德小姐用的計，是不是應該呢？她是個好心人，並且不是有錢的，買這些禮物一定要用二百來馬克，我簡直覺得還是應該由她饒舌，不去理會才對。」

醫生聳了聳肩，說：

「你要她安靜，我就使她安靜了，你又說這個！」

「歸根結柢說，其實再聽她饒舌三星期，對於我們也沒有大損害的。」大副也接口這樣說著。

「我對她很不安，」船長又說，「她的緘默使我覺得像要發生什麼事故似的。」

剛才他們一同吃飯的時候，她幾乎一句話也沒說，並且他們說的話，她也好像聽不大見似的。

「大夫，你說要不要問問她是否有什麼不舒服呢？」

「她健康得很，你沒看見她吃起飯來像餓狼似的？如果一定要問，還是去問那電報員好些。」他喃喃自語著。

「大夫，你也許沒有感到，但我是個感情脆弱的人。」

「我是理智用事的。」

以後的旅程中，這些男人都對瑞德小姐出奇地照拂著。那種關心她的樣子，就像對待一個久病初癒的人。雖然她的胃口很好，他們還是特別為她做些新鮮好菜，醫生不再分自己瓶裡的酒給她，而特別為她叫了一份。他們同她擲骰子、下棋、玩牌，同她閒談。她也很有禮貌地接受他們的盛意，但是很顯然的她總是心不在焉。你甚至會以為她是居高臨下地望著那些人的殷勤，覺得滑稽可笑。她很少說話，除非是別人來找她交談。她白天在讀偵探小說，晚上便坐在甲板上看星，完全過著一種屬於自己的生活。

旅程將要結束了，在一個陰沉的上午，他們駛進英國海峽，望見陸地了。瑞德小姐開始整理著箱子。下午兩點的時候，他們在普利茅斯靠岸。船長、大副、醫生都來對她說再見了。

「瑞德小姐，」船長用愉快的語調說，「你將要下船了，我們很覺難過，可是你快到家了，一定很高興的。」

「你曾對我那麼好，大家都曾對我那麼好。不知我有什麼地方值得你們這樣待我。同在一起這些日子，實在快樂，我將永遠不會忘記你們。」

「瑞德小姐，我們可以吻你嗎？」

他比她高半個頭，俯下身來，在她的雙頰上各吻了一下。她又轉向大副、醫生，他們也都吻了她。

「想不到每個人都這麼好。」

她擦乾了眼淚，邁著她那優雅矜持的步子，下船去了。船長的眼濕了。她到了碼頭上又回頭仰望著，揮手告別。

「她對誰揮手？」船長問。

「對電報員。」

她的朋友卜萊斯小姐在碼頭上迎接她，當她們走出海關把沉重的行李安排好了之後，一同到卜萊斯小姐家裡去喝茶。瑞德小姐的火車要五點才開，她們之間有很多的話要說。

「不過，你剛回來，我便這樣說個不停，太不應該了，我一直在希望著聽聽你旅行的情形。」

「沒有什麼可說的。」

「我不信。你的旅行一定非常成功。」

「的確非常成功，這次旅行可說好極了。」

「你一個人混在那些德國人中間，不覺得不方便嗎？」

「當然，他們不像我們英國人，可是，一個人應該學著隨和的。他們有些事——嗯，是英國人絕不會做的，但我總認為一個人應該隨遇而安。」

「你說的是那一類的事呢？」

瑞德小姐冷靜地望著她的朋友，她那愚蠢的長臉上，有一種非常安詳的神情，但眼睛裡卻流露著一種奇怪的詭詐的閃光，卜萊斯小姐竟一點也沒有看出來。

「當然不是什麼了不起的大事。不過是很有趣，很好玩，很出人意外罷了。總之，毫無疑義地旅行是一種好極了的教育。」

家

| 毛 姆 小 說 選 集 |

在薩默塞特郡群山環繞著的一片田地中間，有一座周圍附帶著倉房、豬欄和下房的舊式石頭房子，大門上刻著的建造年代是一六七三年。這座風雨侵蝕的灰色房子，望去就像那些遮掩著它的老樹似的，和當地的景致非常調和。從大路到那整齊的庭園，有一條很多地主都將引以為榮的種著榆樹的林蔭路。住在這房子裡的人，也正像這房子一般的遲鈍、強壯和樸實。他們唯一誇耀的事，便是自從這房子建造以來，一代又一代地都是在這裡面出生，又在這裡面死去。他們耕種周圍的田地已經有三百年之久了。這時，喬治・米杜司是五十剛出頭的人，他的妻子比他小兩歲。他倆都是正在壯年的好人，他們的孩子——兩男三女——也都長得體面而又健壯，但他們都是安分守己，心滿意足，絕無做紳士淑女的好高騖遠的念頭。我從未見過比這更和諧的家庭。他們快樂、勤奮而又善良，生活很是高貴。有一種像貝多芬的交響樂和貝坦的畫中那種完整的情調，使他們的生活顯得非常美。他們很幸福，也應該幸福。但這家的主人卻並不是喬治・米杜司，而是他的母親。大家都說她簡直等於兩個她兒子那樣的男人，她是一位頭髮已白的七十歲的老婦人，高個子，直腰桿，很有威嚴。雖然臉皮很皺了，眼睛還是光亮而又銳利。在這房子裡和田地上，她說的話就等於法律，但她的性情很幽默，就是有時專制，也是很親切的。人們常為她的詼諧大笑，並且重述著她說的笑話。她是一位精明強幹的女人，你要想和她做生意，打交道，必須絕早起來去找她訂合約。她很調和地有著高貴的好心腸和活潑的幽默感。

有一天，我在回家的路上遇到了喬治太太，她非常激動地喊住了我。（只有她婆婆，被我們稱作米杜司太太，喬治的妻子，我們都叫她做喬治太太。）

「你猜今天誰來了？」她問我。「喬奇伯父回來了。你知道，他本來是在中國的。」

「呵，我還以為他已經死了呢。」

「我們也都以為他死了。」

喬奇伯父的故事，我聽過無數遍了。我愛聽那故事的原因，是它有著一種在現實生活中很覺新鮮的傳奇意味。因為喬奇伯父和他的弟弟湯姆，兩個人曾同時追求著五十年前是愛米勒・格林小姐的米杜司太太。她嫁了湯姆之後，喬奇便離家出走，到海上去了。

他們聽說他到中國。頭二十年中，他時常給他們寄禮物回來，後來便沒有消息了。當湯姆去世時，他的寡妻寫信通知他，也沒有接到回音。他們於是斷定他是死了。但是兩三個星期之前，使他們很驚訝地收到一封從包特蒙港口「水手之家」寫來的信，說近十年來喬奇患著風濕病，一直住在那裡。現在他覺得沒有多久好活了，希望再看一下他在裡面而出生的那房子。他的大姪孫阿貝特便駕著汽車到那裡去接他，這天下午一同回來了。

「你想想看，」喬治太太說，「他五十多年沒來這裡了，連就要滿五十一歲的喬治都沒見過。」

「米杜司太太作何感想呢？」我問。

「你知道她這人的。她坐在那裡獨自微笑著，只說了一句：『他離家的時候是一個很漂亮的青年，不過沒有他弟弟那樣穩重。』這大概就是他選擇了喬治的父親的原因。她還說『現在他大概安靜點了』。」

喬治太太請我去看看喬奇伯父。她是一個除了倫敦從未到過更遠地方的單純的鄉下女人，覺得我和她的伯父都到過中國，一定很談得來。自然，我也立刻便答應去了。到了那裡看見一家人正團聚在那個石板地的很大的老式廚房裡，米杜司太太直直地坐在她慣坐的爐邊椅子上，很有趣地穿著她最好的綢子衣服。她的兒子兒媳和孩子們是圍著桌子坐著，火爐那一邊的椅子上，縮作一團地坐著一位老人，骨瘦如柴，皮膚又鬆又皺像一件過於寬大的衣服似的包在骨頭上。他的臉又皺又黃，牙齒差不多掉光了。

我同他握了握手，說：

「很高興看到你平安地回來了，米杜司先生。」

「我是船長。」他糾正著說。

「他走著進來的呢，」他的大姪孫告訴說，「快到門口的時候，他叫我停車，說要走著進來。」

「告訴你，我兩年沒有下床了，上車的時候還是別人抱我上去的，我以為今生再也不會行走了，誰知看見那排榆樹的時候，記起我父親是非常珍視它們，忽然覺得能行走了。五十二年前我從那條路上走著出去，現在我又走著回來了。」

「我說這簡直是傻。」米杜司太太說。

「這對我很有益處，我覺得十年來沒有這樣好過。也許我會長壽過你呢，愛米勒。」

我想這一代的人，沒有誰叫過她的小名的，我有點吃驚地覺得他對她未免太隨便了。她卻眼裡含笑地望著他，他也咧著沒有牙的嘴，對她笑著在說話。望著這兩位半世紀之久未曾相見的老人，想到過去他曾愛過她，而她卻愛著另外一個人，真覺有趣得很。不知他們是否還記得從前的感情，和彼此說過的話，不知他現在對於當初為了這位老婦人，拋棄了自己的家和應有的繼承權，去過流浪者的生活，是否後悔。

「你沒有結過婚嗎，米杜司船長？」我問他說。

「沒有。」他咧嘴笑著，用那種震顫的聲音說，「因為我對於女人知道得太透澈了。」

「說得好聽，」米杜司太太反駁著說，「其實就是知道你曾有著半打的黑人老婆，我們也不覺意外的。」

「中國沒有黑人，愛米勒，你應該知道，他們是黃種人。」

「大概就是因為這個原故，你自己也變得這麼黃了。剛才看到你的時候，我心裡想：『呵，他生黃疸病了。』」

「我說過除了你，絕不和任何女人結婚的，愛米勒，你看我就真的沒有。」

他說這話，並沒有什麼感傷或怨憤，僅僅是述說一件事實，就像一個人說：「我說過我能走二十里路，你看，真的走了。」言下不勝得意的樣子。

「如果真是這樣，你該後悔了。」她回答說。

我同那老人談了一會關於中國的事。

「在中國沒有一個港口我不熟悉，比你對於自己大衣上的口袋還要熟悉。凡是船可以到的地方，我都到過。我可以讓你坐在這裡聽我講六個月，也講不完我的見聞的一半。」

「喬奇，我知道只有一件事你不曾做到，」米杜司太太眼裡仍含著那種嘲弄的然而善意的微笑說：「就是沒有掙下財產。」

「我不是存錢的人，掙來花去是我的信條。但有一件事我可以說，就是，如果能有機會再過一次我那種生活，我還是願意去過。我相信沒有多少人能這樣說的。」

「的確，沒有。」我說。

我崇敬地望著他。他是一個牙齒落盡，分文沒有的殘廢老人，但他曾有過一個成功的人生，因為他曾享受過生活。我臨走的時候，他叫我第二天再來看他，如果我對中國有興趣，他可以告訴我一切我願意聽的故事。

第二天早晨，我想起應該去問問那老人，是不是願意到我的地方來談談。我順著那榆樹路走到花園的時候，看見米杜司太太正在折花，我向她道早安，她抬起身來了，懷裡抱著一大把白花。我望了望那房子，看見所有百葉窗都關閉著，覺得非常驚訝，因為米杜司太太一向是喜歡陽光的。她常說：

「等你埋在土裡的時候，再在黑暗中生活也夠了。」

「米杜司船長好嗎？」我問她。

「他這人總是古里古怪的，今天早晨麗莎給他送茶去的時候，發覺他竟死了。」

「死了？」

「是的。睡著的時候死了。我正在折花給他放到屋裡。唉，我很高興他能死在這老房子裡，他們這家人對這點都是很看重的。」

那晚他們曾費了很大勁，才把他勸去睡了。他曾對他們述說他一生中遇到的種種事情，他很高興又回到了老家，並且很得意不要人扶，走過那榆樹路，他誇說他還能再活二十年，但命運是仁慈的，死神在適當的地方給加上了終止符號。

米杜司太太嗅著她懷抱中的白花，說：

「我很高興他在我和湯姆結了婚離家出走之後，終於又回來了。只是有一件事我總不能十分斷定，我當初是否嫁對了呢？」

午飯

| 毛姆小說選集 |

我在舞臺上又看見了她。為了回答她的招呼，換幕的時候，我到後臺去看她了。好多年前，我和她見過一次面，現在如果不是別人說起她的名字，我簡直不認識她了。她高高興興地和我敘著交情，說：

「呵，多少年不見了！時光真是像飛一樣！我們彼此都沒有一點年輕的樣子了，你還記得我們初次見面的事嗎？你請我吃午飯來呢。」

我還記得嗎？當然記得？

那是十幾年前，我在巴黎時候的事。我住在拉丁區對著墓地的一間公寓內，收入僅僅能維持生活。她看到我的一本書，曾寫信來和我談論著。為了答謝她的盛意，我回了她一封信，立刻又收到她的回信，說她將經過巴黎，希望和我見面談談，不過她的時間，只下星期四有空閒；她那天上午要到盧森堡，問我可願意同她在富約飯店吃一餐午飯嗎？富約飯店是法國顯要們吃飯的地方，我從來沒有起過到那裡去的念頭。但我當時受寵若驚，並且太年輕了，還不懂得怎樣對女人說「不」字。（我要附帶加上一句：這是很少人懂得的，除非到他老得隨便說什麼，女人都不看重的時候。）當時我有著八十個金法郎，是準備用到月底的生活費，並且午飯的預算是不超過十五法郎的。可是我想如果把下星期中的咖啡取消，省下的錢大概夠這次意外的花費了。於是我就回信說，很願意星期四中午在富約飯店和我的通信朋友見見面。

她的樣子沒有我想像的那麼年輕，派頭很大但並無魔力。事實上，那時她已將近四十歲了，這雖然正是迷人的年齡，但絕不適於一見鍾情的。她給我的印象，就是有著很多又白又大又整齊的牙齒，多到好像超過了實用的限度似的。她談鋒很健，又加故意來談我的事，因此我也竭力去注意聽著。

菜單拿來的時候，使我吃了一驚，因為那上面的價錢之貴，遠超過我的想像。但她肯定地對我說著：

「我午飯是不吃什麼東西的。」

「那兒的話！」我裝作慷慨地回答說。

「我吃午飯從來不超過一樣食物。我認為現在一般人吃得太多了。那麼就給我來一點魚吧，不知他們有沒有鮭魚？」

這是離鮭魚上市還早的時候，那菜單上沒有開列價錢，但我還是不能不轉問著那侍者：「有鮭魚嗎？」他回答說巧得很，他們剛得到一條鮭魚，這是今年第一次有。於是我就為我的客人要了一份。那侍者又問她，在鮭魚做好之後，可還要點別的東西嗎？

「不要，」她回答說，「我從來吃午飯不超過一樣食物的，除非你們有魚子醬，只有這個，我還可以吃點。」

我的心不由得沉落了一下，我自知是付不起魚子醬的價錢的，但又不能對她說，只好告訴侍者來一客魚子醬。我自己是選了那菜單上最便宜的一樣菜——羊排。

「我認為你吃肉是不大合適的，」她說，「吃了像羊排那樣油膩的東西之後，還能希望去工作嗎？我是不肯叫胃負擔過重。」

接著酒的問題又來了。

「我午飯是什麼酒都不喝的。」她說。

「我也是。」我趕快接上去。但她好像沒有聽見我的話似的，繼續著說：

「除了清酒之外。法國清酒是很淡的，對於消化好得很。」

「那麼你喜歡喝點什麼呢？」我保持著禮貌，但並不十分殷勤地問。

她露出她那白牙向我笑了一下說：

「我的醫生除了香檳什麼都不准我喝。」

我覺得我的臉有點白了。我叫了半瓶香檳，並且說：「我的醫生是絕對不准我喝香檳的。」

「那麼你要喝什麼呢？」

「水。」

她吃了魚子醬又吃了鮭魚。她興高采烈地在談著藝術、文學和音樂；我在擔心著那帳單不知要付多少錢。我的羊排來了的時候，她嚴正地勸告著我：

「我看你是習慣於吃豐富的午餐的，這實在不大好，為什麼不學學我，只吃一樣東西？我擔保你會覺得更舒服點。」

「好，現在我就要學著只吃一樣東西。」當侍者再度拿著菜單走來的時候，我這樣地說。

她做了一下手勢，隨隨便便地把那侍者揮退著說：

「不要，不要，我午飯從來不吃什麼東西的，吃也是只吃一點，絕不能多吃，並且，吃這一點也是為了談話而不是為別的。我簡直不能多吃一點，除非他們有那種大蘆筍吃點還不要緊。再說，到巴黎不吃蘆筍，太叫人遺憾了。」

我的心更沉落著。我在一些店舖中看見過蘆筍，知道那是貴得嚇人的，曾使我望著它流涎不已。

「這位太太問你們有沒有蘆筍？」我無可奈何地向那侍者說。

我一心希望著他說沒有，但他那大臉上堆滿笑容地說有的。並且鮮美肥大極了。

「我是一點都不餓的，」我的客人歎了口氣說，「但是你一定要我吃，就吃點也沒關係。」

我點了一客蘆筍。

「你自己不要嗎？」

「不要，我從來不吃蘆筍的。」

「的確，有些人是不喜歡吃蘆筍的。不過，你是被那些肉弄倒了胃口。」

我們在等候蘆筍的時候，恐懼一直佔據我。現在問題已不是還剩多少錢維持今後一個月的生活，而是我的錢夠不夠付帳了。如果發覺缺少幾個法郎，非向我的客人去借不可，那是多麼難堪的事！我絕不能這樣做，我知道自己身上有多少錢，要是帳單開來超過了我的錢數，我決定要伸手到袋裡去摸一下，作一聲舞臺上的驚呼，跳起來說，我遇到扒手了。可是如果她也沒有足夠的錢付帳的話，那就太糟糕了。那時候唯一的辦法只有把錶留下，說回頭再來付款。

蘆筍端上來了，又大又鮮又香，奶油煎炸的味道，直衝著我的鼻管，眼望著那貪饞的女人，大口地吞食著，而我禮貌地在談論著巴爾幹演出的一齣戲的情節。

「要咖啡嗎？」我說。

「好，只來一杯冰淇淋和一杯咖啡吧。」她回答道。

這時我橫了心不管一切，我給她要了咖啡和冰淇淋，自己也要了一杯咖啡。

她吃著冰淇淋的時候，又說：「你知道嗎？有一件事我是絕對相信的，就是一個人離開飯桌時，最好是有著還可以吃點什麼似的感覺。」

「你還餓嗎？」我忍不住地問。

「呵，不，我不餓。你知道，我本來是不吃午飯的，我總是早晨喝杯咖啡，一直到吃晚飯的。就是吃午飯，也不超過一樣食物。我說的是你。」

「噢！原來如此。」

這時，糟糕的事又來了。我們等咖啡的時候，僕役滿面堆笑提著一籃大桃子走來了。那桃子的顏色紅得簡直像小女孩的面頰。這不是應該有桃子的時候，天曉得它們值多少錢，可是再過一會我也會曉得了，因為我的客人一面談著話，一面毫不在意地伸手拿了一個。「你看，你吃了滿肚子的肉，」——可憐我那一點羊排——

「弄得什麼也不能吃了。我只吃了些點心，所以還可以享受一個桃子。」

帳單開來了，我付了帳之後，剩下的錢僅僅夠給一點寒傖的小費。她望了一下我留給侍者的三個法郎，我看出她覺得太吝嗇了。但我走出那飯店的時候，口袋裡已沒有一個法郎，眼前卻還有著一個月的生活開銷。

「你要學學我，」我們握手告別的時候，她說，「午飯只吃一樣菜才好。」

「我要做到更好點，」我回她一句，「今天晚飯都不吃。」

「你這位幽默家！」她愉快地笑著跳上車去，「你真是一位幽默家！」

報應終於來了。我自信不是個愛報復的人，但對於上帝來處理一件事情，看了那結果覺得快意，也許是可以原諒的。現在她的體重已三百磅了。

珠鍊

｜ 毛姆小說選集 ｜

說著。

「真是湊巧，我的座位竟剛好排在你的旁邊。」我們坐下來吃飯時，勞拉這樣

「我也正有同感。」我作著禮貌上的回答。

「是嗎？這倒要等著瞧呢。至於我，確乎是正要找個機會和你談談，因為我有個故事要告訴你。」

我的心不由得沉落了一下。

「還是談談你自己吧。」我回答說：「要不就談談我也好。」

「呵，我一定要告訴你這個故事，我想你會用得著的。」

「你一定要，就說吧。不過，我們總得先看看菜單呀。」

「你不要我講嗎？」她有點不平地說：「我還以為你會很高興聽呢。」

「我很高興聽，你也許是寫了個劇本要念給我聽吧。」

「這是我的一位朋友遇到的事，完全是真實的。」

「這不值得特別推薦，真實的故事永遠不能像創造的故事那樣真實。」

「這話怎麼講？」

「沒有什麼，」我回答說：「不過聽起來好聽罷了。」

「希望你讓我說下去。」

「我在這裡注意聽呢。呵，這種湯太油膩了，我不吃。」

她瞪了我一眼，於是也去望菜單，輕輕歎了口氣說。

「呵，你要節制自己，我也應該照做才好。天曉得，我這身材是不能隨便吃東西的。」

「可是，還有比你那種放一大瓢奶油的湯更濃的嗎？」

「唉，」她又輕歎了口氣說：「可是我唯一真正愛吃的就是那種湯了。」

「算了，講你的故事吧，那樣我們在魚端上來之前，就不會想到食物問題了。」

「好，這件事發生的時候，我也在場的，我正在黎文頓家吃晚飯。你認識黎文頓嗎？」

「不認識。」

「你可以去問他們，他們可以證實我說的每一個字。那晚因為有人臨時不來了，飯桌上成了十三個人，他們便把他們家的女教師請來加入。這位家庭教師是露賓蓀小姐，一位可愛的年輕小姐，二十歲左右，相當漂亮。就我個人說，我是絕不會用一位年輕漂亮的家庭教師的，誰知道會發生什麼事。」

「但是人總應該向好處想。」

勞拉不理會我的話，繼續說下去。

「她想年輕小伙子的時候，總比想到職務的時候多些，並且剛做熟了，她也許就要辭職去結婚了。不過這位露賓蓀小姐有著很好的介紹證件的，我先要告訴你，她是一位非常優雅可敬的人，她父親是做書記的。」

「我們飯桌上有一位先生，我想你大概不認識他，不過他確是位了不起的人物，他是包賽利公爵，全世界數一數二的珠寶鑒賞家，他坐在瑪麗萊根的旁邊，她是向來很得意她那些珍珠首飾的，在談話中，她便請他看看她戴的那串珍珠，他說那很好，她聽了很高興，便說那值八千鎊呢。『嗯，值這麼多。』他說。」

「露賓蓀小姐正坐在他對面，這晚上看起來實在非常漂亮。當然，我是認得出她的衣服，是莎菲的舊衣服，不過，如果你不知道她是位家庭教師，那就絕對想不出。」

「『那位小姐戴了串很美麗的珠鍊呢。』包賽利說。」

「『呵，那是黎文頓夫人的家庭教師。』瑪麗萊根說。」

「『可是我不能不說，她帶著一串我所見過的最好的珠鍊，一定值五萬鎊。』」

「『別開玩笑了。』」

「『是真話。』」

「瑪麗萊根便探著身子，用她那尖喉嚨嚷著說：『露賓蓀小姐，你知道包賽利公爵在說什麼嗎？他說你戴的這串珠鍊值五萬鎊呢。』」

「剛好這當兒大家都沒講話，所以每個人聽見了，一齊都向露賓蓀小姐望著。

她有點臉紅地笑著說：『是嗎？那我真買著了，只花了十五先令呢。』」

「『那你的確買著了。』」

「我們大家都笑起來，這的確太可笑了。我們都聽過一些不忠實的妻子欺騙他們的丈夫，常把真珠寶說是假的。這種故事已經陳舊不堪了。」

「謝謝你告訴我。」我隨口地說，心裡正在想自己的事。

「一個家庭教師有著五萬鎊的珠鍊，還會繼續做家庭教師，那也太可笑了。顯然包賽利公爵這次看錯，可是接著意外的事便來了，真的就有這種巧事。」

「不會的。」我反駁著說：「別故弄玄虛了，你有沒有看過那本叫做英文使用法的書？」

「別打岔，好不好，我就要說到緊張的地方了。」

可是我還得再打岔一下，因為很嫩的烤鮭魚端來了。

「黎文頓夫人使我們這頓飯吃得太愉快了。」我說。

「鮭魚肥嗎？」

「肥得很。」

「噯，真糟。」

「說下去吧，」我請求著，「巧事應該出現了。」

「好，就在這當兒，僕人忽然彎身湊在露賓蓀小姐耳邊低聲說著什麼，我覺得她的臉色有點變得蒼白了。一個人不擦胭脂真是個大錯誤，誰也難以料到命運之神會和你開什麼玩笑的。她的確很驚訝的樣子，欠起身來說：

「『黎文頓太太，丹生說有兩個男人在外面找我有話講。』」

「『好，那你就去看看吧。』莎菲・黎文頓說。」

「露賓蓀小姐起身走出去了。這時大家的心裡不約而同地閃過一個念頭，但我先開口說出來了。」

「『不會是來捉她的吧？』我對莎菲說，『親愛的，對你來說，真是太可怕了。』」

「『包賽利公爵，你斷定那是串真的珠鍊嗎？』她詢問著。」

「『呵，絕不會錯。』」

「『如果是偷的，她怎麼敢在今天晚上戴出來。』我說。」

「莎菲・黎文頓的臉色雖然化著妝，也變得灰白了。我看得出她是在擔心她的首飾箱的安全。我當時只戴了一串鑽石項鍊，但不知不覺地伸手去摸脖子，看它還在不在。」

「『別瞎猜了，』黎文頓先生說，『露賓蓀小姐怎麼會有偷一串值錢珠鍊的機會？』」

「『她也許是收贓的呢。』我說。」

我忍不住反駁了勞拉一次，說：

「你對於這件事好像總不往好處想。」

「當然我沒有任何懷疑露賓蓀小姐的理由，並且由很多事情我知道她是個很好的女孩子，不過如果忽然發現她是一個有名的女賊，又是某國際盜竊團的一份子，可真夠刺激呢。」

「簡直就像電影。不過我怕只有電影上才會發生這麼驚人的事。」

「好，聽我說嘛，我們大家都滿懷狐疑一聲不響地在等待著。我希望大廳裡能傳來扭打的聲音，覺得這靜寂正是動亂的預兆。這時門忽然打開，露賓蓀小姐進來了。我一眼便看見她那項鍊沒有了，並且她的臉色蒼白激動不安。她走回飯桌坐下來，微笑著把一串珠鍊放在那上面……」

「什麼上面。」

「飯桌上面呀，你這傻瓜。」

「『這是我那珠鍊。』她說。」

「包賽利公爵探身望著。」

「『呵，這是假的哪。』」

「『我早就告訴過您的。』她笑了起來。」

「『這絕不是你剛才戴的那一串。』他說。」

「她搖了搖頭，神秘地笑著。我們大家都墜入了五里霧中。我不相信莎菲會那麼喜歡她的家庭教師，竟要她在宴會上做中心人物，當她說最好還是讓露賓蓀小姐來解釋一下的時候，那神情看得出是有點酸意。好了，露賓蓀小姐就說當她走到大廳裡的時候，那裡有兩個男人說是從珍珞商店來的。她就是在那裡花了十五先令買的這珠鍊，買回來發覺搭扣有點鬆，當天下午便又拿回去修理了一下。那兩個人說他們交貨的時候錯拿了另外一串給她。因為剛好有另外一個人也拿了一串珠鍊在修理，那店員竟弄出了這個錯誤。當然啦，我真不懂怎麼有人會蠢到這種程度，竟把珍貴的珠寶拿到珍珞商店去修理，他們是很少遇到這種貨色的，當然不大能分辨真假，可是你知道有些女人就是這麼蠢的，有什麼辦法呢？不過，無論如何，露賓蓀小姐剛才戴的那串珠鍊確是值五萬鎊了，自然，她又還給了他們，怎麼能不還呢？我想，她一定很難受，可是他們也把她原來的那串還了她。他們說雖然這是用不著感謝的——你知道有些人要做出公事公辦的樣子時說話的那神情——但是老闆還是叫他們帶了一張三百鎊的支票來送給她。露賓蓀小姐把那支票拿出來給大家看著，高興得什麼似的。」

「這真是好運氣來了。」

「你準會這麼想的，可是事實證明這倒把她毀了。」

「呵，怎麼啦？」

「聽我說嘛，後來她的假期到了的時候，她對莎菲說她決定要到多維爾去住一個月，花掉這三百鎊。當然莎菲竭力勸她取消這主意，把錢存到銀行裡去，但她不聽。她說她從來沒有過這種好機會，以後也永遠不會再有，所以她要過過豪華的生活，就是一個月也好。莎菲當然也沒有辦法，只好由她去。她賣了些自己穿厭了的衣服給她，說是送給她的，但我知道她不會那麼慷慨，不過賣的價錢很便宜罷了。露賓蓀小姐這樣單獨一個人出發到多維爾去了。你猜以後怎麼樣了。」

「我一點也猜不出。」我回答說，「但願她享受了一下生活。」

「好，在她應該回來的前一星期，她寄來一封信說，她改變了計畫，另外就了別的職業，希望黎文頓夫人能原諒她的失約。當然，莎菲是氣極了。事情的真相，是露賓蓀小姐在那裡搭上了一個阿根廷富翁，和他一起到巴黎去了。以後就一直住在那裡。我在翡冷翠遇見她一次，手上的鐲子一直戴到肘彎，頸上也繞滿了珍珠鍊子。當然，我是裝作不認識她的。別人說她在布洛涅有一棟房子，很有錢。幾個月之後，她丟開了那個阿根廷人，又弄上一個希臘人，現在不知是和什麼人在一起，總之，結果是她成了巴黎最出名的交際花了。」

「我明白了，你剛才說把她毀了，原來是故意玩弄字眼。」

「嗯？你這話是什麼意思」勞拉說，「不過，你不認為可以用它寫小說嗎？」

「可惜我已寫過一篇關於珠鍊的小說了，一個人總不能老寫珠鍊呀！」

「我自己倒有點想寫，只是結局我要改一改。」

「呵，你要改成怎樣呢？」

「我要寫她是和一位小行員訂了婚約，而他是在大戰中受過重傷的，只剩了一條腿或是半個臉沒有了，並且他們非常貧窮，無法結婚，他想傾其所有，在市郊買一座小屋，等分期付款付清之後就結婚，在這當兒她帶給他那三百鎊，他們歡喜得簡直有點不敢相信是真的事，他們太快樂了，他伏在她肩上哭了起來，哭得像個孩子似的。這樣他們就買下了那市郊的小房結了婚。他的老母親和他們同住，他天天到銀行辦公，她如果小心點暫時不生孩子，也還可以出去當家庭教師，他常常生病——因為他是受過傷的——她照料著他，一切都和諧美滿而又可愛。」

「在我聽來真覺乏味呢。」我不客氣地說。

「是的，不過，這才有意義。」勞拉說。

臉上有疤的人

｜毛姆小說選集｜

我第一次注意他就是為了那疤，那疤痕又寬又紅，像新月的形狀，從顴骨一直彎到嘴角。想來一定是很嚴重的創傷造成的，但不知是刀傷還是彈殼碎片所傷，總之在那又圓又胖一團和氣的臉上很覺刺目。他的面部輪廓很小，表情又很呆板，配在他的壯大的身體上顯得很不調和，他是一個比普通人高大有力的人。他除了一套破舊的灰衣服，一件卡其色襯衫，一頂凹凸不平的氈帽之外，從未穿過別的，自然整潔是絕對說不上了。每天在飲雞尾酒的時間，他便到皇宮旅館來，在酒吧間裡悠閒地蕩來蕩去兜售獎券。如果這就是他的謀生職業的話，那可真夠慘了，因為我從未看見有人向他買過，請他喝一杯的人倒偶而還有，並且他是從不拒絕的。

他在那些桌子中間，用一種像是慣於長途步行的旋轉步子穿行著，在每一張桌子邊都停一停，微笑地說著他出售的獎券號碼，看見沒有人理會，便又照樣微笑著向前走去。我心裡常想；他幹這營生，大半是為了遊蕩，或更不好聽點是為了討杯酒喝吧。

有一天晚上，我同一位朋友正站在那個酒吧間裡——瓜地馬拉城中皇宮旅館釀有一種很好的Dry Martini（乾馬丁尼）酒——這時那臉上有疤的人向著我們走來了。我對他搖了搖頭，因為這是我到這裡以來第二十次他向我兜售獎券了。但想不到我那位朋友同他親切地招呼著說：

「Qué tal, General？（生活怎樣，將軍？）」

「還不算頂壞，職業總沒有太好的，但有更壞的。」

「喝點什麼，將軍？」

「一杯白蘭地吧。」

他一飲而盡，把杯子放回櫃檯上，對我的朋友點了點頭說：

「Gracias, Hasta luego.（謝謝，再見。）」

於是轉身走開，向站在我們旁邊的人們，又兜售他的獎券去了。

「你這位朋友是什麼人？」我問道。「他那臉上的疤真可怕呢。」

「你是說不能增加他的美觀，是不是？他是從尼加拉瓜發配來的流犯。當然是個惡徒，但還不能算怎樣壞。我時常周濟他幾個披索。他本來是革命黨的一個軍官，要不是火藥用盡，也許他已推翻政府，作了陸軍總長，不會在這裡兜售獎券了。當時他們捉住他和他的四個同伴，便送到軍事法庭去審判，你知道在那些國家中，處理這種事件是很簡單的，他們被判決了在天亮時槍斃。我想他被捉時已經知道結局會怎樣的了。他和他的同伴在獄中過了一夜，因為睡不著便玩撲克牌消磨時間。他們用火柴作籌碼計算輸贏的。他對我說他從來沒有過那樣壞的手氣，簡直沒有進過一副好牌，從頭到尾一共進牌不到六次，火柴是一買來立刻便輸光。天亮了，衛兵來提取他們去行刑的時候，他輸掉的火柴數量簡直有普通人一生中所用的那麼多。」

「他們五個人被帶到獄中刑場，靠牆站著，對面是執槍準備射擊的兵士。什麼都安排好了，卻還不開槍。我這朋友便問執行官，為什麼還要叫他們等呢？執行官回答說，司令說過要來監刑，現在他們是等他到來。」

「『那麼我可以再吸支香煙了。』我的這位朋友說，『他總是不守時間的。』」

「但是他剛點著煙，司令便帶著隨從走進刑場來了——那司令是艾尼西歐，不知你可見過他。照例的儀式做過之後，艾尼西歐便問犯人在受刑之前有什麼要求沒有。五個人中，四個人搖頭，只有我這位朋友說：

『我希望同我的妻子說聲再見。』」

「『**Bueno**（好的）』司令說，『我可以答應你的要求。她在那裡？』」

「『她在獄門口等著呢。』」

「『那麼這不會有五分鐘以上的躭誤了。』」

「『絕不會的，司令。』我這位朋友說。」

「『那麼把他帶過另一邊去。』」

「走上兩個兵士來，夾著他走到另一指定的地點去了。執刑官從司令那裡得到點頭示意，一聲令下，槍聲立刻響起，四個人都倒在地上了。他們倒得很奇怪，不是一齊倒，而是一個跟著一個地倒。那動作的奇怪好像木偶戲臺上的傀儡。執刑官走上去查看著，對兩個還未斷氣的又用手槍射了兩下。這時，我那位朋友已吸完那支煙，把煙頭丟在地上了。」

「門口的地方忽然起了一陣小小的騷動。一個女人用疾速的步子，向著刑場走來，看到他的時候，手按在胸口上，停了一下，接著尖叫一聲，張開兩臂向著他跑去。」

「『Caramba（啊）！』司令說。」

「她穿著一身黑衣服，頭上披著紗，臉色死人般的蒼白，年紀很輕，好像還是個少女似的，身段非常苗條，勻稱的頭臉，大大的眼睛，但眼光是痛苦迷亂的。她特別顯得可愛的地方是跑著的時候，口微微張開，臉上的痛苦表情，淒美到極點。連那些漠然無動於衷的兵士，望著她也不由得發出一陣驚訝的低語。」

「他也向前走了一兩步迎著她。她投身到他懷裡大喊了聲『Alma de mi corazón.（我的靈魂）』。他的嘴唇壓上了她的嘴。就在這一刻，他從那破爛襯衫裡，忽然抽出一把小刀來——我忘記問他是怎樣夾帶進去的——向著她的背刺進去。血立刻湧出，濺到他的衣服上。他再一次雙臂緊抱著她，狂吻著她。」

「這動作來得太快了，很多人都還不知道是怎麼回事，只少數人恐怖地喊著跑來捉他。鬆開他的手後，那女孩子要不是被衛兵扶住，會立刻就倒下地去的。她已經失去知覺了。他們把她放到地上，哀傷地圍著她在望著。凶手心裡明白，知道刺的是什麼地方，要想止住那血是不可能的。不一會，那個跪下來望著她的兵士立起身來低聲地說：

「『她死了。』」

「凶手在胸口畫著十字。」

「『你為什麼要刺死她。』司令問。」

「『因為我愛她。』」

「周圍的人群中發出一陣像是歎息的聲音，並且都露著奇異的臉色在望那囚犯。司令也注視著他半晌不作聲。」

「『這是一種高貴的舉動。』最後他這樣說，『我不能殺這個人。用我的車子把他送到邊界上去吧！Señor（先生），請接受我這勇士對勇士所致的敬意。』」

「一陣喃喃的讚美聲從那些聽著的人群中爆發出來。」

「侍從兵拍了拍這位犯人的肩，他就在兩個兵士的夾護下，一聲不響地向著等候在那裡的車子走去了。」

我的朋友講到這裡停住了，我也一時沒有作聲。

有一件事我必須要說明，就是我這位朋友，他是瓜地馬拉人，用西班牙語同我談話，這故事是我盡量照著他的話翻出來的。我沒有變更他那誇張得意的語氣，因為，實在說，我覺得這正適合這故事。

「但他怎樣得來那疤的呢？」最後，我又提起來問著。

「啊，那是他開一瓶麥酒，瓶子爆炸劃傷的。」

「這故事一點也不好聽。」我說。

落魄者

｜毛姆小說選集｜

三十年來我一直在觀察我所接近的人物，但仍然所知無幾。要我以外貌來決定僱用一個僕人，我一定會大感躊躇，但是對於一般所遇見的人們，大部分都是以面貌來判斷他們的人品。我很懷疑這樣做是不是對的時候比錯的時候多？為什麼在小說戲劇中總是對的呢？小說戲劇所以常常不像真實人生，就是因為作者必須把他創造的人物寫成完整一致的，絕不能使他們自我矛盾，那樣會變得不可理解。然而實際上我們大多數的人卻是自我矛盾的，可說是一些矛盾性質的偶然結合。在邏輯書上，他們會告訴你，如果說黃色是管形的或感謝重於空氣這叫做荒謬，但人性卻就是這種不調和的混合。有人向我說他們對人一眼便看透了的時候，我總是聳聳肩，認為他們不是缺乏觀察力便是太多虛榮心。在我個人是對人認識得越久越感到迷惘，那些最老的朋友也正是我對他們一無所知的人。

我所以發生這種感想，是因為在今天早晨的報紙上看到貝登在神戶逝世的消息引起的。他是一位商人，為業務的關係在日本已經很多年。我和他交情很淺，但使我對他發生興趣的是他曾給我一個很大的驚訝。要不是他親口對我說的，我一定再怎麼也不相信他會做出這種事來。更令人驚異的是他的外表和態度都表現出一種明確的典型，是一個完整一致的人。

他是一個矮小的人，身高五呎四吋多一點，非常瘦小。白頭髮，藍眼睛，滿是皺紋的紅面孔。我認識他的時候，他大概有六十歲了，總是穿戴得非常整潔樸素，很適合他的年齡身分。

雖然他的辦事處是在神戶，他卻常常到橫濱來，有一次偶然地我也在那裡待了幾天，等一艘船。在不列顛俱樂部裡，我被介紹和他認識了。他玩得一手好牌，並且慷慨大方。他不大愛說話，就是後來熟了在一起喝酒的時候，也是一樣，但所說的都很有見解，並且富於冷雋的幽默。他在那俱樂部裡似乎很有聲望，後來他走了之後，別人都把他認為是那裡最好的人物之一，因為我和他當時同住在一個大飯店，所以第二天他便請我吃飯，遇見了他那上了年紀而常面帶笑容的胖妻子和他們的兩個女兒。很明顯的那是一個和諧親密的家庭。對於貝登，我發生好感的主要原因就是他的和藹。在他那柔和的藍眼睛中有些令人愉快的東西，他的聲音也非常溫柔，你簡直不能想像他會因發怒而提高。他的微笑又是那麼和善，總之是一個能吸引你的人，因為你會覺得他對朋友有著真愛。他是有魔力的，但絕對無可厭惡的地方。他喜歡牌戲和雞尾酒，會說津津有味的故事，並且年輕的時候曾是相當有名的運動員。他很有錢，但完全是自己掙的。我想他還有令人喜歡的一個原因，就是他那樣瘦小軟弱，會引起別人一種保護的念頭，覺得他是連一隻蒼蠅也不忍傷害的。

有一天下午，我正坐在那大飯店休息室中，這是地震以前的事，那裡面還有皮沙發，從窗口可以看到海港和那水面交通擁擠的景致，其中有取道上海、香港、新加坡駛向舊金山和歐洲路過這裡的郵輪，形形色色各國的船隻，和無數的舢舨。那是一幅活潑忙碌的景象，而我呢，不知怎麼回事，精神上竟感到一種寧靜。這裡浪漫得好像伸手就可觸到似的。

這時貝登走進來，看見了我，在我身旁的椅子上坐下來。

「喝一點酒好嗎？」

他拍手招來一個僕役，要了兩份琴酒。酒端來的時候，外面街上有一個人經過，看見我搖了搖手。

「你認識譚納呀？」

「在俱樂部裡見過，據說他是位靠家裡匯錢生活的闊少呢。」

「是的，我相信不會錯，有很多這樣的人。」

「他橋牌打得很好。」

「他們一般都是這樣。去年這裡有個和我同姓的傢伙，是我遇見的最好的橋牌手呢。我想你在倫敦不曾遇到過他的。他說他叫林尼・貝登，大概是屬於很好的俱樂部裡面的。」

「我不記得有誰叫這名字。」

「他實在是個出色的牌手。好像他對打牌有天生的才能，簡直好到不可思議。他有時到神戶，我常和他一起玩。」

貝登啜了一口琴酒。「倒是一個有趣的故事，」他說，「他不是個壞人，我很喜歡他。他穿得很好，看起來相當瀟灑。在某一方面看來，可說很漂亮的。有著鬈曲的頭髮和白裡透紅的面頰。女人們都很迷他。他這種人，你知道，是毫無惡意，不過有點粗野。當然酒喝得很厲害，他們都是這樣的。好像每一刻鐘都有一點進款，一點贏來的款項。他贏了我不少的錢呢。」

貝登溫和地笑了笑。根據經驗，我看得出他是輸得起大錢的人。他那瘦小的手摸著剛剃過的下顎，那上面青筋暴露，幾乎是透明的。

「也許就是為了這個，他落魄之後，竟跑來找我，還有一點，大概是因為同姓那點關係。有一天他到我的辦事處來請我給他一個職位，我很覺驚訝，問他是怎麼回事，他說家裡不給他匯錢了，他想工作。我問他多大年紀。他說：『三十五歲。』我又問『以前你做過什麼事呢？』他說『嗯，沒做過什麼。』我忍不住笑了說：『目前實在無能為力，再過三十五年再來看我，那時也許可以想想辦法。』他一動也不動，臉色變得蒼白起來。遲疑了一會，他告訴我說，他最近好多次玩牌，手氣都很壞。因為他不願只玩橋牌，有時也打打撲克，竟受了人家的騙，弄到一分錢都沒有了。所有的東西都已當光，付不出旅館錢，他們不讓他再住下去，他已到山窮水盡的地步，如果找不到事做，就只好自殺了。我一面聽一面注視著他，看得出他確乎是垮了。大概酒喝得太多，看起來像五十歲的人了。這時女孩子們看見他再也不會著迷了。我問他『你除了玩牌之外，還會做什麼呢？』他說：『我會游水。』『游水？』我簡直不敢相信我的耳朵，他回答得太古怪了，『我在大學的時候是游泳選手。』他又說。我有點明白他的意思了。我曾見過很多在學校裡是英雄的人物，後來他們仍然以此自居。我便說『我年輕的時候也是游泳能手呢。』這時我忽然起了一個念頭。」

貝登忽然停住他的故事，望著我問：

「你對神戶熟悉嗎？」

「不熟悉。」我說，「經過一次，但只住過一夜。」

「那麼你不知道白山俱樂部了。我年輕的時候，曾從那裡出發游過燈塔在對面小港登岸。那有三哩多的距離，並且因為燈塔周圍的激流是相當危險的。於是我把這告訴了他，並且對他說如果他能游過去，我便給他一個職位。我看得出他非常吃驚，便緊跟一句說『你說你是游泳選手的。』他說『但我現在身體不大好。』我聳了聳肩沒有再說什麼。他注視了我一會，點點頭說『好吧，你要我什麼時候去做呢？』我看了看錶，剛過十點。便說『這游程不會超過一小時又一刻鐘的。在十二點半的時候，我會開車到小港去看你，把你帶回到俱樂部去換衣服，然後一起去吃午飯。』他說，『好，那麼一言為定。』我們握握手走了。那天上午我有很多事情要做，剛好在十二點半趕到小港，其實用不著那麼急忙，他永遠不上來了。」

「他臨陣脫逃了嗎？」

「沒有，他並沒有畏縮，開始游得很好。不過，當然啦，他因為喝酒過放縱的生活，身體已經不行了，那燈塔周圍的激流絕不是他所能應付的。三天後我們才找到他的屍首。」我聽了震驚得說不出話來，過了一會才問他：

「你叫他那樣做來得到一個職位時，知道他會淹死嗎？」

他做出一個溫和的笑臉，用仁慈正直的藍眼睛注視著我，同時用手摸著下顎說：

「呵，那時候我那裡沒有空職位。」

藝人

｜毛姆小說選集｜

這酒吧裡面人很擁擠，山德・韋克已經喝完兩杯酒，有點覺得餓了。他看了一下錶，人家請他來吃飯的時間是九點半，現在快到十點了。愛娃・巴蕾向來不守時，恐怕十點半能吃到東西，就算運氣，於是他轉身去找茶房，想再叫一杯酒，這時正好有個人從外面走進來。

「喂，考特曼，」他招呼著說，「來喝一杯好嗎？」

「好的，先生。」

考特曼是個相貌很好的人，大約三十歲的年紀，身材不高，但生得勻稱，顯不出矮小來，穿著有雙排扣子的晚禮服，打著一個很大的領花，一頭黑髮油光水滑地向後面梳著，一對大眼睛閃閃發光，說話很文雅，但口音並不太純正。

「絲蒂拉好嗎？」山德問道。

「呵，很好。她在表演以前喜歡躺一會，說是養養神。」

「她表演的那玩意，給我一千鎊我也不演。」

「你當然不會去演，除了她，誰也不會去演。不要說那麼高的地方，單是那僅有八呎深的水，就沒有人肯去跳。」

「在我所看過的把戲中，這算是最嚇人的了。」

考特曼微笑了一下，把這當作讚美之詞來接受著。因為絲蒂拉是他的妻子。固然，演這把戲冒這危險的是她，但當初想出這玩意來的卻是他。再者，完全是由於那火焰，使觀眾感到刺激，表演才大大成功。絲蒂拉是從一百呎高的梯子上，跳向一個只有八呎深的水池作潛水表演。在她跳下之前，先在那水面上澆上一層汽油，由她丈夫去點燃，火焰升起時，她便縱身跳下，投向火焰之中。

「貝寇・愛司潘告訴我說，這是他這酒吧中最有吸引力的一次表演。」考特曼說。

「我知道，他也對我說過。今年七月裡來吃飯的客人跟過去八年一樣多，他說這都是你的功勞。好，希望你掙一筆吧。」

「這可難說。你知道，我們是訂了合約的。當初那裡想到會這樣轟動呢，不過愛司潘先生說下個月還要續聘。我想告訴你也不妨，以後的條件可不能這樣便宜了，因為今天早晨我接到一位經紀人的信，要請我們到多維爾去呢。」

「呵，他們來了。」山德說著向考特曼點了一下頭便離開了。愛娃・巴蕾正領著她的其餘的客人走進來。她是在樓下等他們到齊才上來的，主人和客人一共八位。

「山德，我知道會在這裡找到你。」她說，「我沒有遲到，是不是？」

「只遲到了半點鐘。」

「你代我問問他們要什麼酒，等酒端來就可以吃飯了。」

他們站著說話的當兒，酒吧間裡的人差不多都走出去，到長廊上吃飯去了。貝寇・愛司潘走上來同愛娃・巴蕾握手。他是一位花過大錢的年輕人，現在錢沒有了，便在這酒吧裡主持遊藝節目，同時擔任著招待貴賓的職務。巴蕾太太是一位美國大富孀，不但喜歡豪華並且愛好賭博。這酒吧裡的飲食和表演就是為了引誘他們這般人掏腰包而設的。

「貝寇，你給我找個好位子。」

「這邊有一個最好的。」他閃動著一對又黑又亮的眼睛，一面說話一面打量著巴蕾太太那種上了年紀的華貴的美，這種表示欣賞，也是他的職務之一。

「您看過絲蒂拉的表演嗎？」

「當然看過，看過三次了。真是再嚇人沒有了。」

「山德先生是每晚都來看的。」

「因為我想看看燒死的場面。她早晚有一天會燒死的，這說不定什麼時候就會發生，我不願意錯過了。」

貝寇大笑著說：「她表演得非常成功，我們還要續聘一個月，但願在八月以前別出事。過了八月她愛怎麼樣都好。」

「呵，上帝，這樣說來，我要天天來吃烤雞，吃到八月底了。」山德嚷著說。

「你這傢伙呀，山德！」巴蕾太太說，「來，我們吃飯吧，我餓壞了。」

貝寇問茶房看見考特曼沒有，茶房回答說他剛才和韋克先生在這裡喝酒。

「噢，好吧，他再來的時候，告訴他我有話要跟他說。」

巴蕾太太走到通向外面長廊的門口那裡，不覺停了一下腳向下望著，在那些顯赫人物中間，竟有一位寒酸的小老太婆顫顫巍巍地拿著一本小冊子在走著。這時山德在打量著他們自己這一群，在心裡念道著幾位貴賓的名字。有一位英國爵士和他的夫人，兩個人都是瘦長個子，是經常等著別人請他們吃飯的，有請必到。還有一位面容憔悴的蘇格蘭女人和她的英國丈夫，他雖然是個經紀人，但很率直誠懇，給人一種很可信賴的印象，如果他好意為你做的事變成了失敗，你都會先為他難過而忘記了自己的。那邊還有一位義大利的公爵夫人，實際上她並不是義大利人也不是公爵夫人，只不過打得一手好牌。還有一位俄國王子，他是打算把巴蕾太太變成他的王妃的，他同時也在從事香檳酒和汽車的生意收取佣金。這時一個跳舞正在進行，巴蕾太太等著它結束的時候，微翹著她那稍短的上唇，向那擁擠的人群輕蔑地掃視著。這是一個熱鬧的晚上，所有的桌子都坐滿了人，但從廊子上望出去，遠遠的海面上一片寧靜。跳舞的音樂停止後，那茶房領班殷勤地笑著走來，把巴蕾太太帶到她的餐桌上去，她邁著高貴的步子走著。

「在這裡看跳水一定可以看得很清楚。」她坐下來的時候說。

「我是喜歡靠近水池的地方，」山德說，「那樣可以看見她的臉。」

「她漂亮嗎？」公爵夫人說。

「不是為這個。是看她眼裡的表情，因為她每次跳下來都等於接近死亡的邊緣。」

「呵，我才不相信呢。」那位出身不詳的古哈上校說，「我敢說，這一切都不過是騙人的把戲，絕對沒有真的危險。」

「你簡直不知在說什麼，從那麼高的地方跳進那麼淺的水中，到達水面的時候，還必須在火焰裡翻個身，不然的話，頭和背部都會碰到水底摔碎的，怎麼會沒有危險？」

「所以我說這是不可能的，」那位繼續上校說，「是騙人的戲法，絕對沒錯，用不著和我爭辯。」

「不過，要是沒有危險，也就沒有什麼可看的了。」巴蕾太太說，「這是只要一分鐘就可演完的，又沒有生命危險，照你這麼說，我們一次又一次來看的竟是個騙局。」

「你看嘛，反正絕不會出事。」

「這麼說，你竟很懂這一套呀。」山德說。

「告訴你，我的確懂一點。我的眼睛最厲害，別想蒙過我什麼。」

那水池是在長廊的左邊盡頭處，水池後面架著一個很高的梯子，梯子頂上是一塊小小的跳板。跳過兩三個舞之後，巴蕾太太這一桌正在吃飯的當兒，忽然音樂停止，燈光也暗了下來。只剩一團白光照射在水池上，考特曼的影子在那光圈內清楚地顯現著。他齊著水面站在池旁的低處。

「諸位觀眾，」他口齒清晰地大聲喊著說，「本世紀中最驚人的表演就要開始了。全世界最偉大的潛水家絲蒂拉小姐要從一百呎高的梯子上，跳進這八呎深的水池裡，這是從來沒有人表演的技藝，絲蒂拉小姐願意拿出一百鎊給敢來試演的人。諸位觀眾，那麼現在讓我來介紹絲蒂拉小姐。」

一個瘦小的人影從長廊下面的臺階上走上來，很快地走到水池那裡，向鼓掌的觀眾鞠躬行禮。她披著一件男人的絲質睡袍，戴著一頂游泳帽子，瘦削的臉上有舞臺的化妝。那位義大利公爵夫人用望遠鏡望了一下說：「不漂亮嘛。」

「身材很好。」巴蕾太太說，「等著瞧吧。」

絲蒂拉脫下睡袍交給了考特曼，他接過衣服走向一邊，她站在那裡對觀眾望了望，大家都在暗地裡，她只能看到一些模糊的白面孔和白襯衫領口。她生得小巧玲瓏，有兩條很長的腿，微翹的臀背。她的泳裝並不華美。

「身材的確不錯，愛娃。」那位上校說，「就是有點不夠豐滿，當然，我知道你們女士們都認為這樣子正好。」

絲蒂拉開始爬梯子了，燈光一直跟隨著她。那梯子似乎無法形容的那麼高，這時助手把汽油倒在水面上，考特曼拿著一支燃燒的火把，他望著絲蒂拉爬到梯頂，在跳板上站穩後，便大聲地問：

「好了嗎？」

「好了。」

「跳！」他大喊一聲。

他一面喊一面將火把投向池中，火焰立刻升起展開，成了一個可怕的火池。這時絲蒂拉已縱身跳下，像閃電似的投向火中，那火焰被急落的身體撲向四面分散了一下，她就在這間不容髮的當兒潛入水底。一秒鐘後火焰熄滅，她浮出水面，在一片鼓掌歡呼聲中跳上岸來。考特曼給她披上睡袍，她一再地鞠躬，掌聲不停地響著。最後她揮手告辭，跑下臺階，穿過那些餐桌，向門口走去。燈光恢復，侍者忙著跑來跑去，繼續剛才停頓了的工作。山德歎了一口氣，說不出是失望還是輕鬆。

「真了不起。」那位英國貴族說。

「完全是戲法，」那位上校說，「我敢和你打賭，賭什麼都行。」

「完得這麼快，」那位英國太太說，「我的意思是說錢花得真有點不值得。」其實她花的並不是她的錢，從來都不是。

那位義大利公爵夫人探起身來，她說一口流利的英語，只是語音有點重。

「愛娃，親愛的，你看靠門口那張桌上坐的兩個人是誰？」

「有趣得很，是不是？」山德插口說：「我一直在看他們。」

巴蕾太太順著她指點的方向望著，那位背面坐著的俄國王子也轉過身來一同張望。

「簡直不像是真實人物，」愛娃說：「我一定要問問安吉羅那是什麼人。」

巴蕾太太是那種認識所有大飯店的茶房領班，並且叫得出他們的名字的人，剛好侍者端了菜來，她便叫他去找安吉羅。

那實在是很奇怪的兩個人。他們坐在一張小桌上，年紀都很老了，男的個子高大，一頭白髮，長長的眉毛和大把的鬍子也全白了，望上去很像已故的義大利國王哈貝特，甚至比他更像個國王。挺直地坐在那裡，穿著全套晚禮服，打著過時已有三十多年的白領花。他那伴侶是一個瘦小的老太婆，穿著一身低領緊胸的黑緞禮服，頸子上圍著幾串彩色珠鍊。她頭上很明顯地戴著一個製作精巧的假髮，顏色漆黑，滿是圈捲。臉上化妝很濃，塗著藍眼暈，黑眉毛，鮮紅的嘴唇，腮上還有兩團胭脂。皮膚已經又鬆又皺，但眼睛仍然很有神地掃視著那些餐桌。她像是把一切都看進了眼裡，不時地觸動那老人，叫他也這個那個地去注意看。這一對老人在這些時髦人物中間實在顯得太滑稽了，因此許多人的視線也都向了他們，但這些注視並沒有使那老太婆受窘，當她發覺誰在看她時，她便對那人擠眉弄眼地微笑著，像在接受喝采，表示答謝似的。

安吉羅很快地走到他的大主顧巴蕾太太的面前了。

「夫人，您叫我嗎？」

「呵，安吉羅，我們真想知道一下那坐在門旁桌上的兩位妙人是誰？」

安吉羅望了他們一眼，接著露出一種無可奈何的神情，從他的面部、肩頭、手勢上一齊表示了個半帶幽默的道歉。

「夫人，請不要理會他們好了。」他明知巴蕾太太不應該這樣稱呼，一如他知道那位義大利公爵夫人不是義大利人也不是公爵夫人，那位英國公爵要不是別人代為付錢，從不破鈔喝一杯酒，但他還是認為這樣稱呼是有好處沒壞處的。「他們再三央求我給他們一張桌子，因為他們要看絲蒂拉的潛水表演，他們自己從前也做過這行業的，我知道他們不該在這裡出現，但看了他們那懇求的樣子，實在不忍拒絕了。」

「我倒覺得他們是很難得很可敬的一對呢。」

「我好多年前就認識他們，那男的確實是我們的本國同胞呢，」那茶房領班發出一聲低低的諂笑。「我對他們說，給張桌子可以，但是不能跳舞。夫人，我不算太冒失吧。」

「呵，我倒真願意看看他們跳舞呢。」

「夫人，可是有些人應該守分寸的。」

他微笑著一再鞠躬如也地退下去了。

「看，」山德嚷著說：「他們要走了。」

那一對可笑的老人付了錢之後，男的站了起來，給他的妻子圍上一條很大但不太乾淨的白毛頸巾。她站起身來，他把手臂伸過去給她挽著，在他的高大挺直的體態之前，她顯得特別嬌小地依偎著走出去了。她的黑緞衣服後面還拖著一個長裙尾。

那位年過半百的巴蕾太太笑嚷著說：

「看，我記得我在學校的時候，我母親穿過這樣的衣服。」

那一對滑稽人物，手挽手地穿過餐廳走到門口，男的忽然向管事的人問道：

「請費神帶我們到女演員化妝室好嗎？我們想去向絲蒂拉女士表示點敬意。」

那管事的人向他們上下地打量著，知道是用不著太客氣的，便說：

「在那裡看不到她的。」

「她不會已經走了吧？我想她還有第二場表演的。」

「那倒不錯。他們這時大概在酒吧間裡。」

「卡羅，我們只要去看一下，總該沒有什麼關係。」

「好吧，親愛的。」他發音濃重地回答著。

他們慢慢走上臺階，進入酒吧間。那裡面空洞洞的，只有一對夫婦坐在角落裡的安樂椅上。那老婦人放開她丈夫的胳膊，張開雙手向前走去。

「親愛的，你好嗎？我覺得單是為了我們同是英國人，也應該來看看你，向你道賀，並且我也是幹這一行的。親愛的，你真了不起，真是大大地成功了。」也又轉向考特曼說：「這是你的先生嗎？」

絲蒂拉站起身來，羞澀地微笑著，惶惑地傾聽著這老太婆的喋喋不休的話。

「是的，這是瑟德。」

「真高興遇見你。」他說。

「這是我的丈夫，」那老太婆用手肘指著那高大的白髮老人說：「潘尼茲先生。是真正的公爵，我是當然的公爵夫人，但自從我們退休後，就失去這稱呼了。」

「你們要喝點什麼嗎？」考特曼問。

「不成，讓我們來請。」那位潘尼茲太太坐下來說：「卡羅，你去叫。」

侍役走上來，經過一番商量，要了三瓶啤酒。絲蒂拉沒有要什麼。

「她在第二場表演之前，向來是什麼也不吃的。」考特曼解說著。

絲蒂拉身材嬌小，大約二十六歲的年紀，一頭剪得很短的褐髮，灰色的眼睛，唇上塗著口紅，但臉上沒有搽胭脂，面色蒼白。她並不很好看，五官端正就是，身上穿著一件式樣簡單的綢晚禮服。啤酒送上來了，那位很明顯地不善言辭的潘尼茲先生開始斟酒痛飲。

「請問您二位從前演的是什麼？」考特曼很有禮貌地問。

潘尼茲太太閃動了一下那描畫著的眼睛，轉向她的丈夫說：

「卡羅，你告訴他們我是誰嘛。」

「大砲肉彈。」

潘尼茲太太立刻容光煥發地微笑起來，用那小鳥般的敏銳的視線在他們臉上逐一地掃射著，但他們是不知所措地在回望著她。

「就是大砲肉彈芙勞瑞。」她進一步解說著。

她顯然是在期待著他們的驚訝，這使他們簡直不知如何是好了。絲蒂拉茫然地望著她丈夫，終於還是他來解圍說：

「那一定是在我們以前的事。」

「當然是在你們以前的，我們退休的那年，正是維多利亞女王去世的那年。當時被認為是接連而來的轟動大事呢，你們一定聽說過的。」她望了望他們那茫然的臉色，她的聲調不覺改變了點。「我是倫敦最大的紅人，演出的地方是那老水族館。所有的達官要人都來看我，像威爾斯親王什麼的，記不清他們都是誰了，我是全城談話的中心，卡羅，是不是？」

「她使那水族館有一年之久天天賣滿座。」

「我是那地方最轟動的一種表演，前幾年我去見狄巴德夫人，就是莉莉蘭采，你知道吧，她一向是住在倫敦的，她還記得我，說看過我十次呢。」

「您表演的是什麼？」

「我是表演從大砲口射出來。你知道嗎，那真轟動呢。在倫敦表演完了之後，我又到世界各地去表演。不錯，親愛的，現在我是個老太婆了，我不否認。潘尼茲先生七十八歲了，我也再不能回到七十了，但我年輕時候的肖像在倫敦到處都掛著，狄巴德夫人曾對我說：『親愛的，你簡直和我一樣受人愛戴呢。』但是你要知道觀眾是怎樣的，有好貨色給他們看時，他們會為你瘋狂，但是他們要變化，無論多麼好的玩意，看多了就生厭，就不願再看。親愛的，發生在我身上的情事，也會輪到你的，所有我們這種賣藝的人，都不能逃出這命運。不過，潘尼茲先生總是堅強不屈的，因為在我們的行業中，他的地位總是高高在上，演主角。我第一次見他時，我是在走繩索隊裡，表演盪鞦韆。你看他現在還是這麼神氣，可想而知他年輕時候的樣子了。那時候他穿著俄國皮靴，緊身馬褲，前面有流蘇的合身的外套，當他騎著馬在圓環裡奔馳的時候，手裡還揮動著長鞭，我從來沒見過比他更英俊的了。」

潘尼茲先生沒做任何表情，只沉思地撫弄著他那大把白鬍鬚。

「好了，我不是對你說過嗎？他不是好揮霍的人，當經紀人再不能為我們訂到合約時，他便說我們退休好了。他說的實在很對，我們做過倫敦最大的明星，是不能再回到馬戲班去混的。我的意思是說潘尼茲先生是位真正的公爵，他要顧到他的尊嚴，所以我們便到這裡買了一所房子，開了個公寓，潘尼茲先生一向的心願就是要作點這類的事。我們就這樣在這裡住了三十五年。本來景況還不算怎樣壞，可是這兩三年來不行了，現在的房客和我們初開辦時的大不相同了，他們要電燈，要房內有自來水，還要很多我們不知道的東西。卡羅，你拿張名片給他們。潘尼茲先生親自烹調，你出門在外，想享受家常風味的話，就要到這裡來找。我最喜歡遊藝界的人，像你我這樣，可談的太多了。我常說，作過一次藝人就永遠是個藝人。」

這時候那茶房領班用完晚飯走來，看見考特曼便說：

「呵，考特曼先生，愛司潘先生在找你有話要和你談呢。」

「噢，他在那裡？」

「就在這附近的什麼地方。」

「我們要走了，」潘尼茲太太站起來說，「那一天請來吃午飯好嗎？我要把我從前的照片和剪報拿給你看。你竟沒聽過『大砲肉彈』，真奇怪，我當年是和倫敦塔一樣著名的呢。」

潘尼茲太太對於這兩個年輕的人不知道她，並不生氣，只是覺得好笑罷了。

他們互相說了再見之後，絲蒂拉又倒進她那安樂椅內。

「我要先把這啤酒喝完，」考特曼說，「再去看愛司潘找我幹麼。親愛的，你在這裡等我，還是回化妝室去？」

絲蒂拉緊握著雙手，沒有作答。考特曼瞄了她一眼，趕快把視線避開了。

「這個老太婆，完全是胡鬧，」他自言自語地說，「真是滑稽。她說的那些也許是真的，但實在叫人難以相信，什麼，四十年前她風靡了倫敦？最好笑的是她認為每個人都還記得她，我們從來沒有聽說過，她簡直覺得奇怪呢。」

他又瞄了她一眼，這是用眼角偷瞄的，因為怕她看見他在望她，但他看見了她在哭泣，眼淚悄悄地流下她的面頰，她在無聲地暗泣，他慌張地問：

「親愛的，怎麼啦？」

「瑟德，我今晚不能再演出了。」她嗚咽著說。

「到底怎麼啦？」

「我怕得很。」

他拿起她的手來握著。

「不要怕，我知道你的本領怎樣，同時你是世界上最勇敢的人，喝點白蘭地吧，這會使你精神振作起來。」

「不要，那會更糟。」

「你總不能讓觀眾失望呀。」

「該死的觀眾，那些吃飽喝足沒事幹的肥豬，那是一群錢多到不知怎麼用才好的傻瓜，我為什麼對他們守信，我有生命危險時，他們關心我嗎？」

「當然，他們是來尋開心找刺激，這是無可否認的。」他很不安地回答著。

「不過你我都知道，這絕無危險，只要你頭腦冷靜。」

「但是，瑟德，我現在心慌得很，我會出事的。」

她說話的聲音有點激動，他趕快向旁邊的侍者望了一眼，好在那侍者正在看一張報，沒有注意他們的談話。

「你不知道我站在梯子頂上向下望那池子是什麼樣子。告訴你說，今晚我會暈過去的，我絕不能再演，瑟德，你應該讓我脫離這玩意。」

「要是你今晚停演，明天晚上會更糟的。」

「不，不會的。使我受不了的是一晚上表演兩次，還有中間這麼長的等待加上那一切緊張。去對愛司潘先生說，我不能一晚演兩場了，我的神經吃不消。」

他默然了一陣子，淚水仍在她那蒼白的小臉上直流，他看出她是完全失去自持了。這幾天來他早就覺得她有點不對頭，說不出的焦急不安，所以他總竭力避免給她談話的機會，他知道她心裡的感觸，最好還是不要說出來，但他心裡也很難過，因為他愛她。

「反正愛司潘是要找我談話的。」

「談什麼？」

「我也不知道，不過我可以順便告訴他，你不能演兩場了，看他說什麼。你在這裡等我好嗎？」

「不，我要回化妝室去。」

十分鐘後他精神煥發，步伐輕盈地到化妝室去看她，猛然地推開了門。

「親愛的，報告你一個好消息，他們挽留我們再演一個月，酬金加倍。」

他跳上前去擁吻她，但被她一把推開了。

「今晚我還要演嗎？」

「恐怕一定的。我曾提議每天一場，但他像沒有聽見似的。他說最重要的就是表演精彩。好在酬金加倍，一切也就值得了。」

她跌坐到地板上，這次放聲大哭了。

「不行，不行，我會出事的。」

瑟德也坐下來，托著她的頭，攬她在懷裡安慰著說：

「親愛的，冷靜點。你不能拒絕這一大筆收入的。它可以使我們無憂無慮地過一冬，再說七月只有四天就完了，以後就只一個八月了。」

「不，不，我害怕。我不願意死，瑟德，我愛你。」

「我知道，親愛的，我也愛你。你看，結婚後我從未望過別的女人一眼。我們從來沒有過這麼多錢，以後也不會再有了。你知道嗎？現在我們正走紅，但不會長久如此的，所以打鐵趁熱，我們要抓住機會。」

「你要我去死嗎，瑟德？」

「不要說傻話了？我怎麼能沒有你，不要這個樣子，你要顧到個人的自尊，你是世界聞名的呀。」

「像那大砲肉彈一樣，哈！」她忽然憤怒地狂笑著。

「這該死的老太婆！」他在心裡罵著。

他知道就是為這引起的，但沒想到她看得那麼嚴重。

「她總算提醒了我，」她繼續說，「他們這些人為什麼一遍又一遍地來看我，不過希望碰上能看見我燒死。等我死了一星期之後，他們會連我的名字都不記得了。群眾就是這樣，我看見那老太婆的時候，也就看見我自己將來的一切了。呵，瑟德，我太可憐了。」她把手臂搭在他的頸上，臉偎著臉。「瑟德，不行，我不能再演了。」

「你是說今晚嗎？如果你真覺得那樣，我就去對愛司潘先生說你發生了暈眩症。我敢說只這一次是沒關係的。」

「我不是說今晚，是說以後永遠。」

她感覺到他微微驚動了一下。

「親愛的瑟德，不要以為我在說傻話，這念頭早就在我心中滋長了，不是今天才有。想到這個我夜裡都睡不著，睡著之後，也總夢見我站在梯子頂上向下望。今天晚上我幾乎爬不上那梯子了，因為腿抖得那麼厲害，當你點起火來喊跳的時候，好像有什麼東西要拉我回去，簡直不知道是怎麼跳下去的。從水裡出來，站在臺階上聽見他們鼓掌時，我心裡還是空洞洞的。瑟德，如果你愛我，絕不會再讓我去受這種痛苦的。」

他歎了口氣，眼裡也含滿了淚，因為他非常愛她。

「你知道這是為了什麼呀，」他說，「想想從前的日子，馬拉松（Marathon）和那一切。」

「隨便什麼都比這好。」

那從前的日子嘛，他們倆都記得。瑟德從十八歲起就作舞男，他那微黑的西班牙膚色和充沛的精力，使他顯得很好看。老年和中年的婦人都喜歡花錢同他跳舞，他從來沒有失業過。他從英國到了歐洲大陸便定居下來，在一些大飯店表演，冬季到里維耶拉，夏季到法國海邊。那生活過得很不錯，通常是兩三個伙伴合住一間租金低廉的房屋，每天要睡到很晚才起床，只要來得及穿好衣服到飯店，去陪幾位減肥的太太跳十二點的茶舞就行。從那直到五點，都閒著無事。到了飯店裡，總是三個人合坐一張桌子，留心打量著像是主顧的人物。他們往往是有著固定的客人。晚上便到飯館去吃飯。他們住的地方也有很不錯的膳食供應。他們的工作便是伴舞，掙錢很多。普通跳一次是五十或一百法郎。有時遇上位闊太太，接連兩三晚跳下來，會一下子給他上千法郎。還常有些暈了頭的老傻瓜，送他們白金或藍寶石戒指呀，香煙盒呀，衣服呀，手錶呀之類的禮物。他的一位伙伴就是和這樣一位恩客結了婚，她的年齡大得可以做他的母親，但她給了他一部汽車和賭博的款項，他們住在一座漂亮的別墅裡。那真是一段好日子，似乎每個人都有錢揮霍。可是好景不常在，經濟蕭條後，最受影響的便是他們這些舞男。飯店的生意清淡，就是有幾個女客，也都不大肯花錢和一個漂亮男人跳舞了。瑟德常整晚掙不到喝一杯飲料的錢。有一位體重將近一噸的胖女人，有幾次找他伴舞，竟只付給十個法郎。他的開銷卻又不能減少，因為他必須服裝考究，否則飯店經理就會講話，洗衣費就是一大筆，你簡直想不到他們要換洗多少襯衫。還有皮鞋，那些地板是那麼硬，最容易把鞋子磨壞，他們又是不能穿破舊鞋子的，另外還有房錢和早餐費要負擔。

就在這時候他遇見了絲蒂拉。那是在依雲，她當時在做游泳教練，是一位美麗的澳洲女潛水家，每天上下午她都要作示範表演。晚上便到大飯店跳舞。他們倆常在一張桌上共餐，樂隊表演開始後，他們便帶頭起舞，想把客人引下舞池，但往往沒有人追隨，而只他們倆在舞著。他們彼此都無須付伴舞的錢，想不到就此陷入情網，在這一季完了的時候竟結婚了。

他們婚後從未感到懊悔地共度著艱苦的日子，就是生意興旺的季節，那些上了年紀的女客，也不願和一個結了婚而妻子就在旁邊的男人跳舞的。他們竭力隱瞞著夫妻身分，想同時在一個飯店找到工作也不容易，而他一人的收入，又絕不能維持兩人的生活，即使是最節省的生活也不夠。舞男的職業日漸衰微，他們便去到巴黎學歌舞劇，但那行業的競爭非常劇烈，很難弄到一份合約。她本來是一位很好的舞孃，但當時流行的是踩繩索的玩意，他們在這方面也下過一番工夫，但她總沒有特別出色驚人的表演，觀眾漸漸地看膩了。有一次他們一連失業了幾星期。瑟德的手錶、金煙盒、白金戒指都進了當舖，最後連晚禮服都不能不拿去押掉。那真是一次大災難。實在沒辦法了，他們只好進了那經理苛刻出名的馬拉松。每天要跳二十四小時，每小時只准休息一刻鐘。真是可怕，他們跳得腿痛腳僵，跳到後來簡直不知是在做什麼，只隨著音樂機械地微動著。他們也算掙了一點錢，觀眾為了鼓勵他們，常有一二百法郎的賞錢，有時為了引起注意，他們也特別出來表演舞藝，碰上觀眾興致好，就會掙一筆相當可觀的數目，可是他們累得要死，在第七天晚上絲蒂拉就暈倒停演，由瑟德單獨不停地跳了又跳，連個舞伴也沒有，很滑稽地跳著。這可說是他們最倒霉的時候，至今還留給他們一個慘痛的記憶。

但也就是在這時候，瑟德忽然靈感來臨。有一次他獨自在舞廳兜圈子跳著的當兒，記起絲蒂拉常誇她的潛水本領，說多麼淺的水她都敢跳，心想這大可玩個把戲呢。

「這念頭怎麼想起來的，」他後來常說，「真像閃電似的突兀有趣。」

他當時忽然記起曾經看見一個小孩在路上放煙火，一陣火焰升起的樣子。如果把那火焰移到水面上，讓人投身其中作潛水表演，一定會吸引觀眾的。他想到這裡興奮得再也不能繼續跳下去，立刻便停下來，去找絲蒂拉談了又談，她也同樣興奮異常。於是他寫信給一位熟識的經紀人，他的人緣好，誰都喜歡他，那位經紀人立刻答應投資支持他們，並且在巴黎一個馬戲團中給他們訂了一個合約，演出之後非常成功。這裡那裡的聘約接連地到來，兩人添製了全新的服裝，最後得到這海濱夏季俱樂部的聘請時，可說事業已達巔峰狀態，他說絲蒂拉現在正走紅，實在不是誇張。

「我們所有的困難都過去了，親愛的，」他溫柔地說：「我們現在可以存一點錢以備不時之需，等觀眾看厭了這個的時候，我們也可以從容地再想別的主意了。」

可是在這好運當頭的時候，絲蒂拉竟無緣無故地要停演，他真不知對她說什麼才好。看見她那樣不快樂，他心痛得很，他越來越愛她，因為他們曾共過患難，曾經五天之久只吃一點麵包喝一杯牛奶果腹；因為她使他逃出逆境，他又有了新衣服，又有了一日三餐。他不能對著她看，因為她那灰色眼睛裡的痛苦神情使他承受不了。她怯怯地伸出手來觸摸他的手。他深深地歎了一口氣。

「親愛的，你該知道這事的嚴重性的。我們過去和大飯店的那種關係，是早已過去了，他們以後要用，也是要比我們年輕的人。你像我一樣，知道那些上了年紀的女客，她們都喜歡年輕小伙子，再說我個子也不夠高大，小孩子時候還不大覺得出，現在儘管說我比實際年齡顯得年輕也是沒用的，到底大了。」

「也許我們可以進電影界。」

他聳了聳肩膀。以前他們失業時是試過的。

「做什麼我都不在乎，我可以去作店員。」

「你以為職業想要就有嗎？」

她又開始哭起來。

「不要哭，親愛的。我的心要碎了。」

「我們好在已有點存款。」

「不錯，有點。夠過六個月的。可是以後就要挨餓了。起初拿點小物件換錢，然後是把衣服送出去，像過去那樣。再下去就是到最下等的地方去跳舞，掙一頓晚飯和五十法郎，只要聽到有個像馬拉松那樣的地方就去。就是那樣又能幹得多久呢？」

「瑟德，我知道你覺得我太無理性了。」

這時他轉過頭來望她了。她眼裡含滿淚水。他卻溫存地微笑了。「不，沒有。我要使你快樂。你是我所有的一切，我愛你。」

他把她攬在手臂裡，緊緊擁抱著，她的心跳都感覺得到了。好吧，如果她真覺得那樣，他一定要盡力照她的意思去做。再說，萬一她出了事呢？好了，好了，讓她停演吧，管它什麼錢不錢。她微微動了一下。

「怎麼了，親愛的？」

她掙脫他的手臂站了起來，走到化妝檯前。

「我想應該是準備化妝的時候了。」她說。

他也站了起來。

「你今晚不是不演了嗎？」

「今天晚上，每天晚上，一直演到死，別的還有什麼路可走呢？瑟德，你說得很對，我不能再回到過去那一切，那下等的旅館，那吃不飽的日子，呵，還有那馬拉松。你為什麼停止不幹了？因為太累了，血肉的身體總有受不了的。這裡我也許可以再續演一個月，到那時存的錢就夠我們慢慢另想辦法了。」

「不，親愛的，你這樣子我受不了。不要演了。我們總可以設法活下去，以前挨過餓，以後再挨餓也沒關係。」

她脫去了衣服，只剩下襪子，赤裸地站了一會，望著鏡子裡的自己，作出一個苦澀的微笑。

「我一定不讓我的觀眾失望。」她忍住了笑說。

減肥

｜ 毛 姆 小 說 選 集 ｜

第一位是蕾曼太太，她是個寡婦。第二位是莎萊太太，她是個美國人，離過兩次婚。第三是位赫孫小姐，她是個老小姐。她們都在四十歲的中年，並且都很富有。莎萊太太有個奇怪的名字叫「箭」。在她年輕苗條的時候，對於這名字倒很喜歡，因為很適合她，雖然常引起些別人的玩笑話，也總是恭維的意思，她未嘗不願意那也適合她的性格，因為箭是代表著爽直、敏捷、中肯的。現在她那美好的身材，已經胖得臃腫不堪。四肢那麼粗壯，臀部那麼肥大，想找一件穿上去比較順眼的衣服，都越來越難了。現在由她的名字引起的玩笑話，都是在背後來說，而她很明白那絕不會是善意的。但她絕不願承認已到中年，她仍然要穿那襯托她眼珠的淺藍。一頭金髮藉助於人工也保持著光澤。她所以喜歡琵采・蕾曼和茀蘭絲・赫孫是因為她倆比她更胖，把她顯得還算苗條；還有一點是她倆比她年長，都愛把她當小妹妹看待，這未嘗不是件快意的事。她倆都是好心腸的人，常拿莎萊太太的意中人來取笑開心，她們自己是早已不作此想。尤其赫孫小姐就從來沒有想過，但是對於莎萊太太的賣弄風情卻很表同情，大家心裡明白，總有一天她還會使第三位男人幸福快樂的。

「親愛的，只是你絕不能再胖下去了。」蕾曼太太說。

「你也要先弄清楚他打橋牌的本領如何才好。」赫孫小姐說。

原來她倆在給她物色一位五十來歲的男人，要有相當積蓄，擁有漂亮汽車，是退休人物中的知名之士，並且是打高爾夫的名手，或者是沒有家累的鰥夫，總之要有經濟基礎。莎萊太太對她們的話，很溫順地聽著，但她內心所想的，完全不是這麼一回事。的確她是要再結婚的，但她的理想對象是那種黑黑瘦瘦有明亮的大眼睛和顯赫的頭銜的義大利人，或是貴族出身的西班牙人，都不能超過三十歲。因為她對鏡自賞的時候，常覺得自己也不像超過那年紀的。

她們三位是很要好的朋友。把她們帶到一起的是她們的肥胖，使她們團結聯合的是橋牌。她們初次見面是在卡爾斯巴德，同住在一個旅館裡，同在一位醫生處減肥，而又同受那醫生不客氣的對待。蕾曼太太是個大個子。有很好看的眼睛，配上擦胭脂的面頰和搽口紅的嘴唇，樣子相當漂亮。她很滿意於成了有錢的寡婦。她最愛吃麵包、牛油、馬鈴薯和奶油布丁。一年之內，有十一個月她盡量吃她想吃的好東西，有一個月她到卡爾斯巴德（今卡羅維瓦利）去減肥。但就是這樣，她還是一年比一年胖。她向醫生訴苦，卻一點也得不到同情，還被數說一番。

「但是如果一個人不能吃自己想吃的東西，活著還有什麼意思呢？」她訴苦說。

他不以為然地聳了聳肩膀。後來她對赫孫小姐說，她開始有點懷疑這醫生，是否真像她們所想的那麼高明了。赫孫小姐給了她一陣大笑。她有一種低沉的聲音，一個平扁的黃臉，上面閃動著兩隻小而亮的眼睛，走起路來低著頭，雙手插在口袋裡，還毫不為意地吸著一支雪茄。她的服裝是盡量模仿男人。

「我要是穿上那些花邊縐邊的衣服，可像個什麼呢？」她說，「等你胖到像我一樣的時候，你也許就像我一樣的不在乎了。」

她穿蘇格蘭絨的衣服，笨重的靴子，出門不戴帽子。她的身體壯得像頭牛，常自誇沒有幾個男人能比她力氣大。她說話直爽，發誓賭咒的粗話，比作苦力的人說的還多。雖然她的名字是茀蘭絲，她卻願意人家叫她法蘭克。她喜歡獨斷獨行，很有才智，這也正是把她們三人維繫在一起的愉快力量。她們總是在一起喝茶，在同一時間入浴，一塊兒出去散步，一個桌子吃那規定的三餐。除了那磅秤，是沒有什麼能影響她們的好興致的，當這一個或那一個的體重，還是和前一天一樣的話，那就無論是法蘭克的粗魯玩笑，或是其餘二位的裝腔作勢，都不能把那憂鬱驅除了。這時只有使用嚴格的規定，上床去睡二十四小時，除了醫生配製的有名的像白開水的菜湯以外，什麼也不能沾唇。

從來沒有三個女人會成為像她們這樣要好朋友的，她們如果不是打橋牌時還需要一把手，簡直不要和其他任何人打交道。她們是牌迷，每天治療時間一過，便坐到牌桌上去。莎萊太太雖然女性十足，打起牌來卻是銳不可當，是三人之中最厲害的一位。蕾曼太太是穩健派，赫孫小姐是激進派，並且是理論家，嘴上總掛著橋牌名家的言論。她們常為了對手所用的方法彼此爭論不已。每個人都可以舉出十五個理由來說自己應該那樣打，但再聽下去，說她不應該那樣打的也能舉出十五個理由來。總之，如果不是想找個合適的牌手時感困難，這生活實在很令人滿意，雖然當磅秤上顯示出兩天內未能減輕一盎司，就有二十四小時喝菜湯的苦頭擺在面前。

就是為了這個緣故，法蘭克才想起邀請麗娜前來度假的念頭。她們打算到昂蒂布去住幾個星期，這是法蘭克的提議，因為她覺得蕾曼太太經過治療之後體重好不容易減輕二十磅，要是立刻大吃又恢復原狀，那未免太可笑了。蕾曼性情軟弱，她需要一個意志堅強的人監視她的飲食，因此法蘭克提議離開卡爾斯巴德後，同到昂蒂布去住些時候，在那裡可以多做做運動，誰都知道游泳是最能使人瘦削的，並且還可就近隨時再去治療。她們要專用一個廚子，這樣可以避免遇到油膩的食物。她們為什麼不每人再減輕幾磅呢，這實在是個好主意。蕾曼太太知道這對她很有好處，只要誘人的食物不擺在面前，她是很能拒絕誘惑的。此外還有一點，就是她喜歡賭博，每星期到賭場去賭一兩次，也是很好的消遣。莎萊太太也非常喜歡昂蒂布，因為她在卡爾斯巴德治療之後的一個月內，是她最好看的時期，她可以在那些終日遊蕩的年輕的義大利人、多情的西班牙人、殷勤的法國人和長腿的英國人中間，任意挑選對象。這計畫實現得很好，她們過了一段愉快的日子。每星期有兩天，她們除了煮雞蛋烤馬鈴薯之外，什麼都不吃，每天早晨站到磅秤上都很覺愉快。莎萊太太體重減到一百五十磅了，覺得很像是回到了少女時代似的；蕾曼太太和赫孫小姐站得巧妙點，剛好避開指到一百八十磅的重量上。這個磅秤本來標明的是公斤，她們別出心裁地閉著一個眼睛把它改成磅和盎司來計算著。

只有打橋牌的第四把手，仍然是個難題。這個笨得像傻瓜，那個慢得令人發瘋，有的好爭吵，有的輸不起，還有的簡直像騙賊。真是奇怪，為什麼找一位合適的牌手這麼難呢？

有一天早晨，她們穿著睡衣坐在走廊上一面看海，一面喝那不放牛奶和糖的茶，吃那醫生特別配製保證不發胖的乾麵包。赫孫小姐在看信，忽然抬起頭來說：

「麗娜要到里維耶拉來了。」

「她是誰？」莎萊太太問。

「她嫁了我的一位表兄。他兩月前死了，現在她剛從悲傷中恢復。我們請她來住兩星期怎麼樣？」

「她會打橋牌嗎？」蕾曼太太問。

「她會打得要命，」赫孫小姐用她那低沉的聲音說，「這牌局好極了，以後我們可以再也不找外人了。」

「她多大年紀？」莎萊太太問。

「和我一樣大。」

「這好極了。」

事情就這樣決定了。赫孫小姐用她一向的決斷，吃完早飯立刻便出去拍了一個電報。三天之後，麗娜便到了。赫孫小姐到車站去接她。她們已有兩年未見，她溫柔地吻著她端詳著她。

「親愛的，你這麼瘦呀。」她說。

麗娜勉強地微笑著說：

「最近遭遇的事故太多了，我的確瘦了不少。」

赫孫小姐歎了口氣，但說不清是對她表嫂表示同情，還是由於羨慕。

麗娜並不是了不起的憂傷，匆忙地洗了個澡之後，立刻便去找赫孫小姐閒聊。她把她介紹給那兩位太太，她們一起坐在那稱為猴屋的酒吧內，那是一所眺海的玻璃房子，坐滿了穿著睡衣、泳裝、或是晨袍在閒談的人，他們都是圍著桌子，一面談天，一面喝酒。蕾曼太太是心腸軟的人，看見新寡的麗娜，那麼蒼白瘦削，已經準備著喜歡她了。侍者向她們這桌子走來。

「你要什麼，麗娜？」赫孫小姐問。

「呵，我不知道。你們都是要什麼？馬丁尼還是白色佳人？」

赫孫和蕾曼對她望了一眼，誰都知道那些雞尾酒是最容易使人發胖的。

「我敢說你旅行之後一定覺得累極了。」赫孫小姐親切地說。

她給麗娜要了一杯馬丁尼。她自己和兩位朋友是每人一杯檸檬和橘子汁。

「我們覺得這熱天喝酒不大合適。」她解釋著說。

「呵，對我毫無影響。」麗娜回答說，「我喜歡雞尾酒。」

莎萊那擦著胭脂的臉上掠過一陣蒼白。（她和蕾曼太太洗澡時從不弄濕面孔，她們並且認為像赫孫小姐那樣大塊頭還喜歡潛水是很好笑的。）她沒有說什麼。談話繼續愉快地進行著，她們都興致很好地談著些平淡無奇的話。不久便走回住處去吃午飯了。

每一張餐巾上有兩塊脫脂麵包乾。麗娜把它們放到她的盤子裡的時候，不由得輕笑了一下。

「給我點麵包好嗎？」她問道。

這句話落進她們耳中簡直比最下流的粗話更引起一陣震驚，因為她們三個人都是有十年之久沒吃過麵包了。就是最饞的蕾曼太太也對麵包劃了界線，從不碰它。在這震驚中首先恢復過來的是好客的赫孫小姐。

「好，親愛的。」她說著轉身告訴廚子拿一些來。

「還要點奶油。」麗娜漫不在意地又加上一句。

又是一陣困惑的沉默。

「不知道家裡有沒有呀，」赫孫小姐說，可以找找看，也許廚房裡還有點。

「我就愛吃麵包塗奶油，你呢？」麗娜問身邊的蕾曼太太。

蕾曼太太苦笑著給了個含糊的回答。廚子拿來一個長長的法國麵包，麗娜把它折成兩截，塗上一層厚厚的奶油。這時烤魚端上來了。

「我們在這裡吃得很簡單，希望你別介意。」赫孫小姐說。

「呵，不會，我喜歡簡單的飲食。」麗娜一面說一面在魚上面塗著奶油。「只要有麵包、馬鈴薯和奶油，我就很滿足了。」

那三位朋友互相交換了一個眼色。赫孫小姐的大扁臉有點沉下來的樣子，很不高興地望著自己盤子裡的焦乾無味的烤魚。

「真是討厭，在這裡總買不到奶油。」她說，「這是在里維耶拉必須忍受的不方便之一。」

「這真糟糕。」麗娜說。

這頓午飯還有一道菜是剔去肥肉的碎羊肉塊和煮菠菜，最後是蒸梨。麗娜嘗了嘗蒸梨，抬起頭來向廚子望了一眼。那廚子立刻明白了她的意思，送上一罐砂糖來，雖然這是餐桌上一向沒有的事。她便自己在那蒸梨裡加著糖。另外那三位假裝沒看見。咖啡上來了，麗娜放了三塊方糖在裡面。

「你很愛吃甜呀。」莎萊太太竭力表示友情地說。

「我們覺得糖精似乎更甜點。」赫孫小姐一面放了一粒到她的咖啡裡。

「代用品總差勁。」麗娜說。

蕾曼太太的嘴角動了一下，向那罐砂糖投了羨慕的一瞥。

「琵采！」赫孫低聲喝止著。

蕾曼太太歎了口氣，伸手取了一粒糖精。

等她們坐到牌桌上了，赫孫小姐才算放了心。她看出蕾曼太太和莎萊太太都有點激動不安。她希望她們能喜歡麗娜，也希望麗娜能在這裡住得愉快。第一局她和麗娜是一邊。

「你是玩那種？范德比爾特還是卡柏特森？」她問她。

「我沒有一定，」麗娜聽天由命的樣子回答著，「我是聽其自然地打。」

「我是嚴格的卡柏特森派。」莎萊太太酸溜溜地說。

他們三位的精神又振作起來了。果然是不入流的，她們早就看透她了。在牌桌上赫孫小姐是不分親疏的，別人讓她和這位新手在一邊，她也是一樣的毫不客氣。但是麗娜的聽其自然的手氣很不壞，好像天分很高，經驗也豐富，打得又準又快又勇敢。另外那三把手，因為程度太高了，沒有一下子便看出麗娜的本事，反而有點招架不了。好在她們都是好性子而又慷慨大方的人，不久牌桌上的局面便逐漸緩和了。這真是旗鼓相當的一場橋牌，她們都玩得很開心。蕾曼太太和莎萊太太都對麗娜有了好感，赫孫小姐看了深深地歎了口氣。這次的安排一定會很成功的。

玩了兩小時之後，她們分開了。赫孫小姐和蕾曼太太去打高爾夫，莎萊太太和她最近結交的一位年輕漂亮的露加麥王子去散步。

麗娜說她要休息，回房去了。

晚飯前她們又見了面。

「親愛的麗娜，你很好吧？」赫孫小姐說，「這麼大半天沒陪你，真覺不安。」

「呵，不要抱歉。我睡了一大覺，醒了以後，又去喝了一杯雞尾酒。對啦，你猜我發現了什麼？你要高興極了。我在一個小茶館裡發現了非常之濃的奶油。我叫他們每天送半品脫來。我想這也可以算我對家用的小小貢獻。」

她的眼睛閃耀著，顯然是在等待她的歡呼。

「你真太好了，」赫孫小姐帶著一種想寬解她那兩位朋友臉上流露出來的惱怒的神情說。「但是我們從來不吃奶油。在這麼熱的地方它很容易使人上火。」

「那麼我非獨自把它吃完不可了。」麗娜笑著說。

「你從來不顧到自己的身材嗎？」莎萊太太冷冷地說。

「醫生說我必須多吃。」

「他是說你必須吃麵包、奶油和馬鈴薯嗎？」

「是的。你們說吃得很簡單，我以為就是指這些呀。」

「你這樣會變成大胖子的。」蕾曼太太說。

麗娜咯咯大笑著。

「不，我不會。你知道嗎？吃什麼都不會使我發胖。我想吃什麼就吃什麼，一點影響都沒有。」

隨著她這些話來了一陣石頭般的沉默，直到廚子進來報告開飯了，才算打破。

這天晚上麗娜就寢之後，她們聚在赫孫小姐房裡對這件事談論了很久。本來她們都裝作歡天喜地的樣子，彼此喋喋不休地交談著，但這時都把假面具取下來了。蕾曼太太滿臉怒氣，莎萊太太一肚子怨恨，赫孫小姐也不再有男子氣概。

「讓我坐在那裡看她吃那些我特別愛吃的東西，實在不大好受。」蕾曼太太說。

「這對我們每個人都是一樣。」赫孫小姐頂了她一句。

「你根本不應該請她來。」莎萊太太說。

「我那裡知道。」赫孫嚷著說。

「我忍不住在想，她要是真的哀悼她丈夫，怎麼會吃得那麼多。」蕾曼太太說，「他去世才兩個月。我的意思是說對死者總該表示點敬意。」

「為什麼她不能和我們吃一樣的？」莎萊太太狠狠地問著，「她在別人家作客呀。」

「你沒聽見她說嗎？醫生告訴她必須多吃。」

「那麼她應該進療養院去才是。」

「法蘭克呀，這真不是血肉之軀的人所能忍受的。」蕾曼太太痛苦地說。

「我能忍受，你也該能忍受。」

「她是你的表嫂，不是我們的表嫂。」莎萊太太說，「我不願意坐在這裡兩個星期之久看她狼吞虎嚥。」

「把吃食看得這麼重，夠多俗氣，」赫孫小姐的語調比平時低沉地說，「一個人最主要的還是精神生活。」

「呵，你說我俗氣？」莎萊太太目光炯炯地質問著。

「不會，她絕不會的。」蕾曼太太在旁插口說。

「哼，我們都睡了之後，你就到廚房大吃，以為我不知道嗎？」

赫孫小姐氣得跳起來。

「阿箭，你竟說出這種話來！我自己不打算做的事，從來不強人所難。你認識我這麼多年了，竟以為我是那麼卑鄙的人嗎？」

「要不，你的體重怎麼總不減輕呀？」

赫孫小姐聽了氣得直喘氣，終於眼淚直流起來。

「你說話好沒良心！我不是幾磅幾磅地減輕嗎？」

她像孩子似的哭著，那龐大的身軀抽動不已，眼淚一滴一滴地流落在那小山似的胸上。

「親愛的，我不是那意思。」莎萊太太心慌著急地嚷著說。

她跪到她的面前，盡力去擁抱那不能完全抱攏的身體，她也哭了。

「你不是說我沒看出瘦來嗎？」赫孫小姐抽咽著說，「反正我是嚴格實行來的。」

「是的，親愛的，你是實行了的。」莎萊太太哭著說，「誰都看得出來。」

蕾曼太太照說是處在冷眼旁觀的地位，竟也開始靜靜地哭泣起來。這是很感動人的，只有鐵石心腸，才會看了像赫孫小姐那樣雄赳赳的人，在痛哭流涕，而無動於衷。不過，不一會她們就都擦乾眼淚，飲用了一點醫生唯一允許的白蘭地和水，覺得好多了。她們決定讓麗娜吃她訂的那些營養食物，她們立定決心不受干擾。因為她實在是位難得的橋牌搭子，再說忍受也不過是兩星期的時間，她們要盡力使她在這裡住得愉快。商談完了，就此吻別而散，一晚上都覺得出奇的輕鬆。那曾使她們三人如此幸福快樂的友誼，是沒有什麼能來干擾的。

但人類的本性是軟弱的，你不能要求得太多。現在她們吃乾烘魚，卻看著麗娜吃油滾滾的通心粉；她們吃烤羊肉煮菠菜，卻看著麗娜吃油糕；她們一星期吃兩次煮蛋和生蕃茄，卻看著麗娜吃奶油豌豆和各式各樣的馬鈴薯。那廚子本來是位名廚，現在得到機會正好大顯身手。

「可憐的吉姆，」麗娜吃著這些美味，想起她丈夫來說，「他就是愛吃法國菜。」

後來廚子誇耀他能調製六種不同的雞尾酒，麗娜便午餐喝勃艮第，晚餐喝香檳，說這是醫生曾經勸告的。她們三位胖子只有堅忍著，照常說說笑笑，甚至興致很好的樣子，竭力發揮著女性特有的裝假的天賦。不過蕾曼太太開始有點無精打采；莎萊太太的溫柔藍眼睛也變得有點冷峻；赫孫小姐的低沉聲音更加濁重了。在她們玩牌的時候，這些情形就明顯地流露出來。她們一向喜歡談論牌經，但那談論都是友善的，現在當這一位指出那一位的錯誤時，就帶有苛責的意味，而且常有不必要的挑剔。討論變成爭執，結局常鬧到悶悶地不歡而散。有一天赫孫小姐怪莎萊太太有意害她打輸，還有兩三次最溫和的蕾曼太太也竟氣得哭起來，又有一次莎萊太太怒不可遏地把牌扔下，哭著走了出去。她們的脾氣都壞到無以復加，麗娜是唯一的和事佬。

「為打牌吵架，太不值得了，」她說，「這不過是消遣罷了。」

對於她的確一切都很好，她剛吃了充分的食物。還喝了半瓶香檳，再者，她還有著很好的手氣，把她們三位的錢都贏過來了。她們的輸贏是記在一本冊子上，她贏的記錄是一天天地增高著，從來沒有輸過。難道這世界沒有公道了嗎？她們開始互相忌恨著。雖然她們三位都恨麗娜，但又都忍不住要拉攏她，所以總是個別地暗中去找她，說另外那兩位的壞話。莎萊太太說她知道老看著一些比自己年紀大的女人對於自己是很不利的，她情願犧牲了分擔的房租，而要到威尼斯去度那未完的夏季；赫孫小姐是以男子氣概對麗娜說，讓她和莎萊太太那樣輕浮的人、蕾曼太太那樣愚蠢的人相處，實在抱歉。

「我要有點精神的談話才行，」她吼著說，「當你有著像我一樣的心胸時，你就知道一定要找和自己知識水準相等的人在一起。」

蕾曼太太是只希望和平、安靜。

「我的確討厭女人，」她說，「她們是那麼不能信賴，那麼瑣碎麻煩。」

這時候，麗娜的兩星期的居留已將結束，而她們三位的動向卻只在說說而已。她們當著麗娜的面還好，她一不在，她們就連面子也不顧了，爭吵的階段已過，現在是彼此不加理睬，遇到非說話不可的時候，也是冷冰冰的。

麗娜要到另外一位朋友處去，赫孫小姐像來時接她那樣，送她到車站，她贏走了她們一大筆錢。

「真不知怎樣謝你才好，」她要上車的時候說，「我這次來玩得開心極了。」

赫孫小姐除了有男子氣概之外，還有更值得自誇的一點，就是她同時是位高貴女士，她的回答既大方又得體。

「麗娜，你也帶給我們大家很多快樂，」她說，「這真是一次難得的聚會。」

可是她離開那出發的火車時，卻不由得重重地歎了口氣，重到連月臺都像震動了。她挺了挺寬厚的肩膀，大踏步地走回她們的別墅去。

「呵！」她一路上不停地吐著悶氣，「呵！」

她換上游泳衣，披了一件男人睡袍走到海邊酒吧間去，因為這正是午飯前游泳的時候。路上經過「猴屋」時，她向裡面張望了一下，想同熟人打打招呼，因為她忽然又恢復了男性般的輕鬆自在；可是一望之下，她吃驚得站住了，簡直有點不能相信自己的眼睛，蕾曼太太竟獨自坐在一張桌子上，穿著剛買的一件新睡衣，頸子上還戴著一串珍珠。赫孫小姐眼睛敏銳，看得出她的頭髮剛做過，眼睛嘴唇和面頰也都化過妝。儘管又胖又大，也沒有人能否認她是位很好看的女人。但是她在做什麼呢？赫孫小姐跨著她獨有的大步子，向著她走去，裹在黑睡袍內的她那身軀，很像那種日本人時常捕捉的俗稱海牛的大鯨魚。

「琵采，你在做什麼？」她低沉地嚷著說。

她那聲音像遠遠的雷鳴，但蕾曼太太對她冷冷地望著。

「在吃東西。」她回答說。

「廢話，我當然知道你在吃東西。」

在她的面前擺著麵包、奶油、果醬，還有咖啡和牛奶。蕾曼太太正把奶油在麵包上厚厚地塗著，隨後再加上一層果醬。

「你不要命了呀！」赫孫小姐說。

「不管了。」蕾曼太太滿嘴食物回答著。

「你這樣子體重要幾磅幾磅地增加了。」

「隨它去吧！」

她望著赫孫小姐的臉，由衷地微笑著。天哪，那塊麵包的味道多麼好呀！

「琵采，你真叫我失望，想不到你這樣意志薄弱。」

「都是你不好，要怪那個女人，我望著她狼吞虎嚥，望了兩個星期了，這是人受得了的嗎？現在無論如何我也要吃一頓了。」

淚水湧上了赫孫小姐的眼，她忽然覺得自己非常軟弱，非常女人氣。她本來應該做出男子漢大丈夫的樣子，把蕾曼太太一把拉過來像對待小孩似的拍她、哄她、責備她，但她竟一聲不響地在她身旁椅子上坐下來。侍者走過來的時候，她作了個可憐的手勢，對那些咖啡奶油等物指了指。

「我也要同樣的一份。」她歎著氣說。

她毫不在意地伸手拿起一個麵包捲，但蕾曼太太立刻奪回，放到自己的盤子裡。

「不要拿我的，」她說，「等吃你自己的嘛。」

赫孫小姐喊了她一聲女人之間很少聽見的親暱稱呼。一會兒侍者把她的咖啡、牛奶、果醬……端來了。

「奶油呢？蠢材！」她獅子一般吼著。

她開始貪婪地吃著。這地方，漸漸擠滿了從海水和日光下回來的游泳者，莎萊太太同她的王子也走來了。她披著一件很好看的綢披肩，用手拉著裹得緊緊的，竭力使自己的身材顯得苗條點，同時把頭高高仰起，使人看不見她的雙下巴。她開心地在笑著，覺得自己回到了少女時代似的。那王子正用義大利話說她的眼睛藍得使地中海都為之失色了。她離開她走進男子化妝室去梳理頭髮，預備五分鐘後在一塊喝酒。莎萊太太也要進女子化妝室去再擦點胭脂口紅，忽然望見赫孫小姐和蕾曼太太，她站住了，真有點不敢相信自己的眼睛。

「天哪！」她喊道，「你們這兩個畜生！這兩個豬！」她拉過一把椅子坐下來，「茶房！」侍者眨了眨眼睛立刻到了她身邊。

「這兩位要的東西，給我也來一份。」她吩咐著。

赫孫小姐從盤子上抬起她那又大又重的頭來。

「再給我來盤油糕。」她說。

「法蘭克呀！」蕾曼太太說。

「住口吧！」

「好，我也要一份。」

咖啡、麵包、奶油、果醬都拿來了，她們把麵包塗得厚厚的大吃起來。這時愛情對於莎萊太太又算得什麼呢？讓那王子保有他的皇宮和城堡吧。她們誰也不說話，一本正經地狂熱無比地在吃著。

「我有二十五年沒吃馬鈴薯了。」赫孫小姐沉思著說。

「茶房，」蕾曼太太喊道，「來三份炸馬鈴薯。」

馬鈴薯端來了，什麼味道有這樣好聞呢？她們用手拿著在吃。

「給我來一杯馬丁尼。」莎萊太太說。

「阿箭，在吃飯中間不能喝馬丁尼的。」赫孫小姐說。

「不能嗎？你瞧我的。」

「好吧，那麼也給我來一杯雙料馬丁尼。」赫孫小姐說。

「來三杯雙料馬丁尼。」蕾曼太太對侍者吩咐著。

酒端來了。她們狠狠地喝了一口，然後互相望著歎了口氣。最近兩星期來的誤會，這時完全消除，真誠的友誼重新在她們心中升起。對於這麼令人滿意的友誼竟曾經一度要加以破壞，她們自己想想，都覺難以相信。這時馬鈴薯吃完了。

「不知道他們有沒有巧克力糖。」蕾曼太太說。

「當然有。」

不錯，他們果然有。赫孫小姐放了一塊在嘴裡，吞下之後又取了一塊，可是在吞下之前，她望了望她們倆，同時對那位殘酷的麗娜，生出了恨意。

「隨便你說什麼都行，反正她打橋牌的品德是壞透了。」

「卑鄙得很。」莎萊太太同意著說。

但是蕾曼太太忽然想起，她還要吃一點那種砂糖和蛋製成的蛋白霜。

毛姆小說選集 / 威廉・薩默塞特、毛姆著；沉櫻
譯. -- 八版.-- 臺北市：大地, 2016.12
面：　公分. --（大地叢書：38）

ISBN 978-986-402-195-6（平裝）

873.57　　105021116

毛姆小說選集

大地叢書 038

作　　者	威廉・薩默塞特・毛姆
譯　　者	沉櫻
發 行 人	吳錫清
主　　編	陳玟玟
出 版 者	大地出版社
社　　址	114台北市內湖區瑞光路358巷38弄36號4樓之2
劃撥帳號	50031946（戶名：大地出版社有限公司）
電　　話	02-26277749
傳　　眞	02-26270895
E - mail	vastplai@ms45.hinet.net
網　　址	www.vastplain.com.tw
美術設計	普林特斯資訊股份有限公司
印 刷 者	普林特斯資訊股份有限公司
八版一刷	2016年12月

大地

定　　價：220元